KB120594

[우리가 퇴장하면] 강남이 강남일까

시작시인선 0211 [우리가 퇴장하면] 강남이 강남일까

1판 1쇄 펴낸날 2016년 8월 2일
지은이 이귀영
펴낸이 이재무
책임편집 김연필
디자인 이영은
펴낸곳 (주)천년의시작
등록번호 제301-2012-033호
등록일자 2006년 1월 10일
주소 (04618) 서울시 중구 동호로27길 30, 413호(묵정동, 대학문화원)
전화 02-723-8668
팩스 02-723-8630
홈페이지 www.poempoem.com
이메일 poemsijak@hanmail.net

ISBN 978-89-6021-285-5 04810
978-89-6021-069-1 04810(세트)

값 9,000원

*이 책의 국립중앙도서관 출판시도서목록(CIP)은 서지정보유통지원시스템 홈페이지(http://seoji.nl.go.kr)와 국가자료공동목록시스템(http://www.nl.go.kr/kolisnet)에서 이용하실 수 있습니다.(CIP 제어번호: CIP2016018717)

[우리가 퇴장하면] 강남이 강남일까

이귀영

천년의 시작

시인의 말

성과시대 소유시대 누림시대를 지나고 렌즈를 통하여 바라보는 바라보이는 시선의 시대를 지나서 이제사 하늘을 바라본다. 흰 구름이 되어본 적 언제인가 꿈에 다다른 적 언제인가 지나간 시간을 펼친다. 푸른 들판 푸른 눈보라 푸른 눈의 기억을…… 하늘이 더 푸르른 날에

살 만한 이 곳에서 우리는 몇몇이 동네를 만들고 나라를 만들고 지구, 하루 둘레를 만들어서 우리의 형식으로, 우리의 이상으로, 사랑을 위하여 자유를 위하여, 몰락의 시대엔 몰락의 길로 해체의 시대엔 해체로 분열의 시대엔 분열의 길, 유형이 없는 유형으로 나는 그 바다로 걸어가면 바다가 된다는, 글을 쓰면 글자가 된다는 생각을 생각한다 그러므로 나는 존재하는 듯

2016년 여름

토평에서 이귀영

차례

제2부

제3부

제4부

해설

제1부

우리는 시작한다

우리는 시작한다. 모든 침묵을 그리고 어느 장미를 택할지 구두를 신으며 푸른 머플러 강물을 늘이며 아침에 찾아올 환영을 위하여 조용히 이름들을 벽에 걸어둔다. 조용히 우리는 내쉬기를 시작한다. 저녁에 뛰는 가슴 다시 일그러지는 것이 고마워, 더 이상 자라지 않는 아이들이 고마워, 운동장은 월요일을 낳고 더 이상 자라지 마라 식탁 아래 발들의 춤, 둥근 소리 가득찬 그릇이 고마워, 사방이 고여드는 자리에, 기운이 모여드는 식탁에, 생활을 짓는 손 곡선을 그리던 나는 멈춘다. 기억되지 않는, 가다가 되돌아오는, 오다가 다시 가는, 머뭇거림 하는,

우리는 조용히 손을 잡는다.
우리는 조용히 춤을 추기 시작한다.
우리는 조용히 뛴다.
우리는 조용히 그리고 섞인다.
우리는 조용히 아침에 온다.

멀어지는 앵글 겹치는 그림자 셀 수 없는 입체가 시작한다.

일제히, 나목들이 서 있다

태어난 우리는 날마다 최후다. 최초나 태초로 잉태되지 않았다.

일제히 왼쪽 그곳을 향한다. 오늘을 횡단하기 위한 예식 앞에서

우리는 일제히 시동을 건다. 일제히 달린다 집을 두고—
우리는 일제히 먹는다. 일제히 줄을 선다. 지상에서 먼 좁은 통로에서
멀리 집을 두고—

일제히 우리는 떨어진다. 같은 얼굴 같은 울음으로
땅에 닿는 순간 우리의 정글이 시작된다.
뿌리를 거세한 탱탱한 체형들 고립이 형성되어
일제히 우리는 산소원자 1과 수소원자 2로
태어난 H2O, 모여든 H2O,

별과 별 무한 거리를 측정할 수 없는 슬픔이
너의 우주 나의 우주 또 다른 우주에서
떠도는 태양들과 이 넓음 지경에서

우리는 몇몇이 동네를 만들고 나라를 만들고 지구, 하루 둘레를 만들어 우리의 형식으로, 우리의 이상으로,

어느 별 사람과 버스를 타고 지하철을 타고 엘리베이터를 타고
어느 별 사람과 어깨 나란히 한 시간씩, 종일토록 간다.

어디로 가는가?

오지 않는 왼쪽 그곳을 향해 목이 긴 나목들—,

일제히 발아를 기다리는가

우리나라

내가 화가 나는 건 우리가 우리이기 때문이다. 너 하나 나 하나가 우리, 우리가 운다. 우리가 번잡하다. 우리 안에 부끄럼이 우리 안에 가난이 있다. 도둑 안에 우리가 우리 안에 도망자가 있다. 우리 안에 실족 실언 실명이 있다. 삐걱이는 배고픔 두통이 있다. 바위가 우리 안에, 바늘이 우리 안에, 찢긴 옷에 비굴이 눌린 구두에 비천이 있다. 우리의 빈 가방에 먼지 무지가 있어. 우리 안에 욕구 욕망 욕창이 있어, 우리 안에 전사 투사 기제가 있다. 끝없는 전투 괜한 슬픔 언제 우리가 치유될까? 우리 안에 우리가 없다. 오, 우리니까 화가 난다. 우리가 모이자. 우리가 말하자. 하늘에 말하자. 우리에게 말하자. 우리의 번죽을 우리의 악을 우리는 귀퉁이에 서있는 최하 최악 최후니까 우리는 물 우리는 밥이다. 우리는 낡은 슬리퍼 우당탕 엄지발가락 어둠이니까 바랜 모자 관록이 전부다. 우리는 우리다. 나를 지울 수 없는 우리, 우리둘레 우리나라…… 나는 왜 화가 나는 걸까

담쟁이넝쿨

처음부터 맨 몸으로 엎디었다. 바닥 경계부터 너의 신음부터 너의 후드득 떨림부터 너의 울먹임부터 너의 중얼거림 너의 체온 너의 기침 너의 속삭임 너의 터짐 내부로부터 묵묵한 너의 성향에 오르다 보니 너의 중심을 넘어 너의 몸을 다 읽고 말았다. 그래도 내게 음성을 들려주지 않는다. 처음부터 귀를 대고 너를 이해하기보다 온도가 전해지기를 내 하소연을 들어주기를 바랐던 거다. 혼돈에서부터 너는 밀리지 않는 것을 터득했다. 너의 가슴 너의 빛을 조금 나누어 주기를 한 방울의 물과 한 움큼 빛을 위해서 기도를 잊지 않았다. 처음부터, 내 가슴과 맞닿은 너의 등은 우리 웃음소리가 멀지 않다. 귀를 열면 네 온 몸을 싸매줄 뿐이다. 처음부터 너를 오르고 있다. 내 모든 핏줄 푸른 넝쿨은 너를 넘는다. 너는 나의 절벽이 되지 마라.

우물

너무 멀어서 빠지지 않는 밤하늘 하얀 달 곁에 하얀 별 하나, 무게는 비애에 빠져 있으면 되는 겁니다. 물속 숨쉬기 어려워 하얀 달이 가면 하얀 별도 가는 산수유 사잇길,

가끔 허우적 내게 빠진다. 너의 부스럭거리는 밤길 음성에 참새 눈망울 새벽에 빠지고 네가 빠진 그 우물, 바람이 그림이 있는

음악이 있는 우물이면 좋겠다. 에스프레소 우물에 빠지는 종일 웅덩이를 찾아 어머니에 풍덩풍덩 빠진다. 떠나신지 삼 년인데 푹신한 설경 어쩌다 이곳까지 와서 빠졌나.

질척거려도 빛나는 빗방울에 빠지고
한 술 밥 시장에 빠지고
장자 붕에 빠진 당신 콧수염에 빠지고
솟아오른 새끼발톱 단단한 퇴석 기형에 빠지고

나는 자꾸 밤하늘에 들어갔다가 나왔다가 숨 쉬는 흰 별,
흰 달을 바라봅니다. 흰 달도 빠집니다
서툰 필적에 절름거리는 말투에 한 쪽 몸이 내게 빠진다

당신 무게는 비애에 빠져 있으면 되는 겁니다.
오늘은 봄 봄밤입니다.

무모한 無

그동안 지구가 돌았고 쾌속으로 완행으로 가는 속도를 본다 단번에 소멸과 생성의 비행운처럼 녹아드는 존엄도 존엄이다 시루 물만 먹어 탱탱한 뼈들 기립정신이 누웠고 산을 삼킬 성냥곽 기운이 돌아 더 큰 집엔 더 큰 열기가, 오존층에 구멍을 낸다 작은 집에 작은 조약돌, 큰 사람 손에 작은 하나님, 누가, 내린다 종착역을 앞둔 역에서 사람들이 고작 떠나는 역사에서

얼마나 즐거울까 즐거움이 남았으면, 얼마나 아플까 현재를 태워 현재를 버리는, 3월에 어머니 내려드리고 머뭇거리는 안개 기둥들 眞과 美가 무의미한 거리 잿빛 패전지에 내가 남지 않기를, 돌아보지 말자 바람과 함께 사라지는 속도 나는 피었다 지는 무모한 無라는, 서울역 외눈시계는 가는 건가

바쁘다

건널목에 툭, 떨어지는 모자 누구냐

나를 그대로 멈추게 하라.
한 손에 책을 들고 화병에 꽃을 꽂다가
찰리 채플린 채널을 찾다가

흔들리는 지하철 손잡이 아래
춤추는 세상 그대로 춤추게 하라.

백남준作 '다다익선' 내려다보며
내 모니터 한 대 더 올리는 날
마우스 위에 잠든 그대로

액셀러레이터 밟으며 달리다가 그대로 외곽에 멈추게 하라.

서점에서 하루를 지나는 날에도
아무도 모르는 가을과 동행하자 하라.

널어놓은 옷가지들 바람에 두고

벽시계도 두고 가기로 한다

열두 번째 사랑 기억에 문득, 얼굴이 부조浮彫가 되는 날
한 발은 벽을 뚫고 한 발은 벽에 끼어서
더 갈 수가 없다 명령을 깨라. 누가 주술을 깨라.

동서남북 그대로 천둥 구름 비 그대로
어느 족적이 등판에 찍히는 그대로

U교수

20년 후에 여기 멀쩡히 계세요 이 식탁이 족하다면 지금에 족하다면

20년 후에 여기 있으라, 그 날이 오늘이기를 결코 가지 마세요

지금에 여기에 있어요 가야 합니까 구름에 어울려야 합니까 무형의 것에 아무의 것에 세월은 침노하는 것

'내 고장 七月은/ 청포도가 익어가는 시절/ 이 마을 전설이 주저리주저리 열리고/ 먼 데 하늘이 *꿈꾸려 알알이 들어와 박혀

……

아이야 우리 식탁엔 은쟁반에/ 하이얀 모시 수건을 마련해 두렴'

*꿈꾸며가 아니고 꿈꾸려라고,

은쟁반에 모시수건 다시, 청포도
하늘이 꿈꾸려 알알이 들어와 박히는 시간에
해가 지지 않는 밤,
청중이 가지 않는 밤,

난 人間만은 植物이라고 생각거든요•

흙으로 난 가장 연한, 가장 영롱한 물방울로 보였다. 가장 높은, 가장 웃는 식물로, 가장 깊은 인간으로, 가장 각진, 가장 물렁한, 단단한, 매캐한 잉크빛 저녁으로, 가장 바다, 가장 낙타인, 너로 보였다.

심장을 꺼내 주어도 내게 초록을 주지 않는다.
낮과 밤 회색인 너 햇살의 속살 이유를 식물에 쓴다.

가장; 먼, 안개, 잘 흩어지는, 잘 날아가는, 무성한, 무시무시한, 물먹는, 물을 먹지 않는, 대부분 식물은 식물들 속에 누가 더 작용하고 있는가 소우주와 소우주를 걷는 나는 너를 골똘히 생각한다.

온몸에 돌꽃을 두르고 천 년을 서 있는 가장 슬픈 토용 가장 부릅뜬 황제의 병사처럼 물기 없는 족속으로 동물질과 광물질로 삐걱이며 생각하는 너의 개화를 기다리며

• 李箱의 詩「骨片에 關한 無題」중에서.

하얀 타일들

어디 가니? 갈 데가 있나 갈 데가 있어야지

잔가지에 오소소 모인 겨울 갈 데가 없다

돌멩이에 기댈지 가랑잎에 앉을지
서성이던 나무들 다 날아 가버렸는데
도막들이 세상을 떠난다
이 세상 생명이 아니므로

아무리 울어도 하얀 이빨들,
아무리 아무리의 반복으로 얼마쯤
나는 벽에서 낮만큼 또는 밤만큼 머무릅니다

심장이 박혀있는 흰 벽에 녹슨 못을 칠 수 없어
흰 손에 더욱 그러해서
손잡고 누워 있습니다 말없이 걸어갑니다
타일끼리 타일끼리 그냥 나란히

우리는 그게 대화 그게 잠
그게 사랑 그게 우리 노래라,

돌아가면 보이지 않는 타일

춥다 어딜 가니?

「이것은 파이프가 아니다」•

내가 책임진다 살게 해 줘라 어머니는 내 이름을 가끔 빌려갔다

'이것은 파이프가 아니다' 이름이 같은, 생년월일이 같은, 얼굴이 다른 '파이프',

'참' 내가 아니다 빈 가방을 머리에 쓰고 엎드린 파이프, 돌아누운 파이프,

날아다니는 구두 날아가는 원피스 모르는 무지개 내 이름은 내가 아니다

조류 7, 8, 9 날아오른다 아침을 기다리면 늙지 않는
새들 1, 2, 3, 4 난다 드높아지는 골목에서 나는 달렸다
검은 구두 검은 가방 진주귀걸이를 한 새가 난다

눈이 맑다고 했다 내 눈이 아니다
청년의 심장이라 했다 그러니까 내 심장이 아니다
높은 산이 가능하다는 산은 산이 아니다
의사의 말에 보다 발을 높여 가벼워진 몸
내 몸이 아니다 새가 아니다
내가 아닌 내 이름으로 식탁 아래서 춤추는 발

포크와 나이프 엄지와 검지 식탁의 발레리나들
손에 든 접시는 접시가 아니다 이건 파이프가 아니다
내 앞에 누운 너는 네가 아니지

• 「Ceci n'est pas une pipe」 르네 마그리트.

알제의 여인들*

열여섯 번째 변신 중인 우리는
열여섯 번째 패러디다
누구의 그림자인가 무분별한 발들이 자란다

문에 서 있는 여인 거울 속에 여인 돌아보는 여인
푸른 옷 시선 아래 깊은 여인이 자란다

흰 발을 피하는 검은 여인 검은 가슴을 열고
여인2 엎드려 둥근 배를 가둔다
식탁 부스러기 빛을 움킨다
젖을 물린 눈빛, 우리는 변신 중이다

여인3 여인4 새벽까지 부수어졌다가 허물어졌다가,

상상하다 무한하다 친근하다 적대시하다

넷이 하나 넷이 열이다 넷이 백, 천, 만…… 변신 중이다

만인에 대하여 미분과 적분 공존에 대하여
서둘러 오는 아침은 서둘러 사라지고

무섭게 저미고 무성하게 쌓이고, 변신 중인 것이다 우리는,
여인에게 눈길이 따라 올 것이다

조금씩 일치하는 조금씩 희박해 가는

단단한 파편들, 우리는 붉고 높은 의자에 앉는다

• 피카소 작품.

설치미술관
—안국역

글과 얼굴, 점과 선, 계곡을 펼쳐놓고, 바닥에, 앉아있는 사람, 돌 위에, 고개 숙인 사람, 술병을 들고 있는 구름, 자코메티의 지상에서, 세 사람이 걷는다, 한 사람이, 걸어가는 남자, 바라보고 있는 남자의 두상이, 골목을 채우며, 들어가는 사람, 안이, 보이지 않는다, 표정을, 읽을 수 없는, 검은 재질들

부루카를 입었나, 주머니에 손을 넣고, 다시 넣고, 먼 데 산, 눈앞에 발길, 지하에서 오르는 군중, 붉은 칸나, 쑥쑥 자라고, 달아나는 앰뷸런스, 스치는 덩치들

한쪽 구두, 다른 쪽 구두, 발 하나, 다른 낙엽 한 장, 다른 어깨에, 안국역 저녁, 가방을 메는, 갈색 코트, 가로수에 붙어있는, 벽에 기댄 그림자, 유령처럼 희다, 카페는 닫히고, 정지한 시계, 그 자리에 우두커니, 무제들, 나는 다른 무제, 바늘구멍 안에서, 낙타와 함께, 행진하는

상황

검은 모자입니다
그 모자예요 커피향이 아마 남아 있을 겁니다
벌떡은 맞아요 화가 난 건 아닌데요
그 말 하면서 벌떡 일어났잖아요

어디에 걸어두었던가
화장실 문, 지하철 자리, 찻집은 바깥에 서 있었지

바람만 막으면, 햇빛만 가리면, 얼굴을 숨겨야지
모자가 필요해요, 늘 이렇듯 횡합니다
펼쳐보일게요, 그리 크지 않은 백지머리입니다

군인모자 아니군요 중절모자인가요 털실모자인가요
빵입니다 빵을 찾습니까 빵의 길, 빵은 영원입니다

다리 건너 마을 건너 철로를 건너다 주운 모자입니다
날아가며 굴러가며 주인을 찾습니다
이 모자는 비행기 붉은 트랩을 내려야 하니까요
이 모자는 산에 가야합니다

이 모자 주인인가요 모자를 잃어버린 적 있습니까

맞습니까 꼭 맞는 느낌입니까

모자가 많다 다 다른 미래의 모자를 쓸 수가 없다
머리 내 머리가 어디 있는가

황금의 Routine

잠에서 깨어나면 물고기들이 비스듬히 지나간다. 벽에 일렁이는 능선 태평양이 비스듬하다. 그는 비스듬한 세상 TV 앞에 앉아 있다. 수족관 물방울에 든 종탑과 건너편 아파트와 벌판과 하늘과 희망이 비스듬하다. 그는 의자에 비스듬한 잠과 비스듬한 멜로디와 비스듬히 흐르는 손끝 웅변은 잡식성의 묵은 배설물로 기차는 간다.

그의 곡조나 구술로도 황금비율이 되는 규격으로, 그는 그의 바람이다. 비스듬한 두 팔 그의 수평선은 아픔과 침묵을 담는 그릇으로 폭언 폭염이 가득한 사방, 눈 폭력이 쏟아져도 제비꽃 보는 시선으로

기차는 간다. 지구가 멈춘 시간에 바깥 경치가 보이지 않는 검은 창 건너편 아파트 오늘은 몇 층인가 세어보고, 흐르는 자동차 세어보고, 느리게 열리고 느리게 닫히는 하루

기차는 간다. 꺾였다가 다시 일어나는 밤, 진창이 되었다가 내 이름 흉터도 비스듬한, 그의 셔츠도 구두도 한쪽으로 비스듬한, 비스듬한 그의 거울, 비스듬해지는 벽, 그의 손이 닿으면 내 어깨가 비스듬히 우주의 별과 별이 충돌하

는 깊음에 비스듬한 미소 그가 서 있다.

노을속가지색을띤남빛

'검정색, 숯회색, 밝은푸른빛회색, 칙칙한회색, 은회색, 허깨비백색, 백색연기, 갈하늘구름색, 나바호족백색, 감자꽃색, 흰장미하양안개색, 레몬빛가볍고얇은직물색, 상앗빛, 누른빛에엷은다색이섞인빛깔, 연한자주빛붉은색, 붉은장밋빛, 토마토색, 어두운빨강, 인디언빨강, 옅은제비꽃빨강

해맑은아기파랑, 엷은녹색빛파랑, 영국황실파랑, 해군수병파랑, 푸른빛회색파랑, 철강빛파랑, 연기파랑, 하늘파랑, 어두운파랑, 노을속가지색을띤남빛, 쪽빛하늘색, 파란제비꽃색, 어두운제비꽃색

밝은연분홍색, 인디언분홍색, 벚꽃연분홍색, 짙은보라색, 베스킨라빈스의분홍색, 도라지꽃보라, 엉겅퀴꽃보라, 연보라색, 어두운주황색, 산호빛, 밝은산호빛, 밝은주황색, 칸나꽃주홍색, 석류꽃주홍색, 양귀비꽃주홍색

밝은국화과다년초노랑, 밝은노랑, 금빛, 코닥필름노랑, 해바라기노랑, 치자물노랑, 잔디녹색, 라임녹색, 봄녹색, 여름녹색, 바다녹색, 은행녹색, 숲녹색, 암록색을띤청색, 어두운올리브녹색, 올리브엷은갈색, 녹슬은갈색, 엷은갈색, 붉은

빛을띤갈색, 장미빛갈색, 어두운엷은다색……'

이 사람 사람 사람들에게 내 사랑 어떻게 전할까?
색깔들이 나를 향하고 있다 눈 감으면 모두 찬란한 얼굴들,
녹색이 녹색을 반사한다 사랑이 사랑을 홀리고
장미가 오면 장미로 온다 불안이 불안을 고통이 고통을
가난이 가난을 그리워하고 나는 그대들이 그립고
나의 고슴도치는 사랑한다고 찌른다
모든 색깔은 내 중심을 통과하고
인식하지 못하는 색들은 다 떠나버렸다

지렁이처럼 굼벵이처럼

하루의 마침이라고 내게 알리며 문을 잠근다
하루의 시작이라고 내게 알리며 새벽을 연다
열려 있는 문이 잠겨 있는 문이고 잠겨 있는 문이
잠긴 문이라 나는 문을 모른다 도대체

아무도 오지 않는 문을 접어서 긴 의자를
새벽을 보고 밤을 볼 수 있는 나무 아래
바람이 지나는 길에 마음이 지나는 길에

누가 오는가

목적 없이 길어지는 지렁이를 보면서
목적처럼 다시 애벌레처럼 굼벵이를 보면서

목련은 목련의 질문을 빵은 빵의 질문을 한다
빈 칸, 빈 속, 궁창 같은 질문이 떨어진다
질문이 답이다. 모딜리아니의 질문 같은

누가 오는가

……

……

하루의 마침이 하루의 시작이 나를 잠근다
굼벵이처럼 반평생처럼 바람 집에 든다

제2부

피투성被投性

갈 데가 없어 둥글어지는 날 굴 속 같은 날 생각이 길 되어 몸이 길이 되어 몇십 년 거슬러간다. 혜화동 고갯길 돌담 아래 동굴로 가는 길, 그 '석굴암' 없어졌더라. 북악을 지나 평창동 미술관을 지나 자하문밖 그곳을 지나

더 깊은 곳이 그리운 날 생상스 죽음의 무도를 걷는다, 이상의 거울 속으로, 미셀 푸코의 미로를 걸으며 쇼킹블루 장미를 걷는다. 흰 눈 육각을 걷는다. 길 건너 침엽수 낙엽을 걷고 깊은 서랍을 걷는다.

새들이 이 나무에서 저 나무로 건너가는 여정에 하늘을 걸어서 노을에 떠가는 걸음으로 물 그득히 든 구름 사이를 걸어요. 높은 건물 창을 세어가며 숨소리 걸어요. 비둘기 모이처럼 던져진 사람들 퇴색한 담을 걸어서 좁은 길 걸어서 열린 문 걸어요.

갈 데가 없어 환한 날, 나를 떠날 방법이 없다. 그 강에 돌을 던질 수밖에 없다. 자꾸 쥐어지는 주먹돌 나를 던진다. 그가 나를 자유케 하리라, 그 길을 걸어요

만유인력법칙

아무나 먹는 아무나 하는 아무나 가는

아무나 뒹구는 거리에 아무나 들어가는 그 문에

아무나 묻히는 무덤 아무나 들여다보는 그 웅덩이에

무생물이 생물이 되는 진통으로

다 같은 얼굴 다 같은 옷 다 같은 거리에

지구를 당기는 사과 너를 당기는 질량이

슬퍼할 줄 아는 사물이 떨어지는데

살처분 되는 아무나의 인생을 사양한

아무나 아닌 이름으로 아무나 아닌 얼굴로

어제 가난하고 내일 가난한 늘 푸른 고공에

죽음의 부피와 정신의 무게가 비례하여

아득한 어둠에 몸 접는 미소 몸 벗는 소리에

바위가 되어 변치 않는 심장박동 들리는가

그대는 그대는 그대는

열풍 내쉬고 들이쉴 때마다 사막이 이동하고

아무나의 죽음이 아닌 소멸의 자연/소멸의 인간

바람이 파도에 맞물려 맴돌다 돌아간다

우주에 빠지다

무언극도 내 몫이다 춤추는 것도 내 몫 나는 내 모든 악기 온 몸으로 연주를 한다. 여기에 앉아요 나는 마주한 자리에 앉는다. '여기에 앉아요' 한적한 찻집 밖이 보이는 실내가 다 보이는 들어오는 사람이 보이는 그 자리에 세상을 바라보아야 하는 당신, 나는 세상을 등지고 당신 눈에 깃든 세상을 본다. 나는 당신 눈에 바람을 보고 당신 눈에 소리를 보고 어제의 기억 어스름한 불빛에 빠지면 되니까, 당신은 로얄석에 앉아야 합니다. 무대는 바람이 불고 더 바람이 불고 숨쉬고 더 숨쉬는 우주입니다. 구르며 했던 이야기 다시 하고 들었던 이야기 다시 놀라는 웃음에 흰 꽃 흰 나비 따라 간다.

애도

무슨 가면을 쓸까 입술이 비치는 비늘이 비치는 날개 두르고 강남엘 갈까 강북엘 갈까 뒤를 돌아볼 수가 아래를 볼 수가 없는 철가면 쓰고 밤과 낮을 두루 돌아온 걸음으로, 종말을 살지 않았다는 증거로, 무표정으로, 한쪽으로 기운 가면을 쓴 몸은 말하지 않는다. 오늘을 쓰지 않는다. 과거 미래를 쓰고 수없이 겹쳐진 얼굴을 쓰고 오늘이 종말이라는 불순한 일기예보에 부르주아 표정으로 근엄한 바우타 아, 오늘이 아니니까

비수처럼 찌르는 활과 현 지고이네르바이젠은 왜 더블베이스는 안 되나 피치카토는 왜 안 되는 건가

오늘은 살아야 할 텐데 겨울이 쳐들어온다. 생활은 밖에서 떠돌고 다시 뜨지 않아서 좋은 태양, 울지 않아서 좋은 비가悲歌 춤을 춘다 바람이 춤춘다. 밤을 기다리는 길게 기다리는 그림자 잎새 없는 나무였다가 숨은 그림였다가 썩어가는, 타오르는, 백골로, 비굴한, 비장한, '가면' 헐렁헐렁 쓰고 다닌다. 초침 명령 정해진 대사만 외우며 너를 위해 검은 얼굴을 쓴다. 검은 구두 검은 슈트 검은 꽃 검은 모자 검은 향수를 검은 하늘을 쓰고

육체 없는 가면 어슬렁 또 다른 오늘, 그 짐승 오면 무슨 얼굴을 쓸까

아직, 지고이네르바이젠이 흐르고, 지고이네르바이젠을 벗어난 적이 없는

루브르 피라미드

산이 있어서 오르는 게 아니다 힐러리 경, 종이에 쓰고 가슴에 쓴 사랑, 한 번 고백이 생생한데 돌아오지 않는 시간은 부화할 듯 여기저기 웅크린 뜨거운 흰 돌들, 미움이 닳아 물렁해진 얼굴들 내가 가는 곳에 있는 산, 코 빼고 눈 빼고 그 빼기가 아니라오, 꽃과 열매가 아니라오, 너와 나 과정이 보태져야 우리가 아닌가, 터널 벗어나니까 굴혈, 굴혈 벗어나니까 출산, 오른팔에 누운 첩첩 산, 시험 지나니까 시험, 문 여니까 문, 평원 가운데 피라미드, 유리 피라미드 앞에 루브르 네가 무엇이냐 나를 넘어간다. 눈앞이 산 바람이 산 가슴이 山 무지가 山 독설이 山 오, 오시게 山 있는 곳에 내가 정복을 위한 내가 있으므로 오르는 게로군

누구의 누구의 누구 우리는 100% 아는 사람

지하에 서있는 하품 지층에 서 있는 하품 비슷한 피곤이 누구의 파도인가,

어디에서 밤을 맞는, 비를 맞는, 기차를 타고, 백야에 춤추는, 백주에 달리는, 영안실 사람, 영화관 사람, 환승하고 환승하고 또 기다리는 침묵의, 시장 돌층계 아래 국수 먹는, 종일 칼 가는, 종일 수선하는, 종일 주차하는, 종일 담배 파는, 종일 구두 닦는, 종일 종일…… 종로 3가 불빛이 가지 않는 곳에서 짧은 쾌락의 값을 주고받는 노파와 노인들, 철가방의 곡예는 백사장에 강가에 하늘공원으로, 감자를 먹는 사람, 낙과를 줍는, 벽을 향한 통곡, 절뚝이는, 도망가는, 숨어 있는, 순도 높은 밤의

사람 사람 사람 미안하다 다 알고 있는데

북극까지 남극까지 100퍼센트 인류

어스름 지하철 입구 층계에서 푸성귀를 파는 가뭄의 손등

우리는 우산이 있는, 우산이 없는, 차이
우리는 오래전 사랑이 스친 얼굴들

처음 인가요 우리?
어디서 봤지?

'어디면 무슨 소용인가' 이미 칼라일이 말했다네

어떤 이는 하늘을 보고
어떤 이는 졸고
어떤 이는 전화를
어떤 이는 글을 헤고
어떤 이는 충돌하고

그러니까 나로호 발사 그 시간에

우울한 행복한 마음 공간이 있다
사방을 담는 마음 안경의 탁자의 볼펜의 마음
사물의 자리 그릇들 환한 心 주변 心
우주 지경에 북두칠성 일곱별의 거리 일곱별의 마음
그러니까 구두의 마음 양말의 마음 지갑의 마음

네가 나를 이루고

해가 중금속 안개에 갇히고
지구를 떠나는 이유는
굉음과 연막이 나를 떠나는 오후 4시
그 시간에 한 편의 시가 시인을 떠나는 비장한 멜랑콜리는

얼음에서 몸을 여는 복수초 오렌지색 파프리카를 씹는
궤도에 오른 순간 고등어 목을 치는 순간 칼날 순간
터널에서 비집고 펴오르는 나비 순간에
솔잎 물방울 순간 제야의 춤 순간 화재 순간에

몽땅 떨어져나가는 카드 그 시간에

어떤 이는 하늘을 보고 어떤 이는 졸고 어떤 이는 전화를
어떤 이는 글을 헤고 어떤 이는 충돌하고 어떤 이는 어떤 이는
내일이 내일 오겠지 하고

보이지 않는 인공위성

푸른 생고등어 잘린 머리에서 끈적끈적 숨 쉬는 아가미
상황 모르는 눈과 눈이
별과 별이 피할 수 없는 시선 순간에

15호 질풍노도

비극이 뼈에 스미냐 살에 박히냐 바람에 날려버려라 마음이 몸이라 물린 잇자국 떨치려 바람에 넌다 마음 잔가지 뿔뿔이 달아나는 순도의 시간 우기던 것들이 다 엎드린 산 구름이 나르고 세월이 저어 가는데 백지에 꿇는다 할퀴고 간 너의 위력 꼭 소멸될 위력 겨드랑 사이로 바짓가랑이 사이로 바람 오가더니 기억이 흐릿해지누나 타고 남은 뼈 힘을 빼니 혼까지 날아가누나 날아가는 군중들 얼굴들 거대 날개 휘젓고 광란하는 너의 희극적 격정에 1초 앞도 모르는 질풍노도 행보에 간다

비창 비창 비창

코끼리가 번개에 맞아 죽는 일이 발생했습니다.

뉴스: 코끼리가 번개 맞아 죽었다.

코끼리가 분명 번개 맞아 죽었다네
코끼리가 새끼 코끼리 두 마리와 길을 가다가
코끼리 다리에 가슴에 꼬리에 코끼리 코에 번진 번개에 죽었다네

코끼리가 죽었는가 코끼리도 죽는가 코끼리만 죽는다?

1억 5천만 년 생존 공룡이 다 죽었는데 뭘,

· · · · · ·
· · · · · ·
· · · · · ·

세종대왕이 죽었다 스티브 잡스가 죽었다 덩샤오핑이 화장됐다

. . . .

. . . .

. . . .

인류— 완전소멸이 온 다음, 다시 태초에— 새 흙이 되어
거룩하게 거룩하게 죽지 않을 거룩한 백성이 되어

여기가 아닌 거기

붉은 눈, 너의 일생을 다 읽어도 다다르지 못하는데—,

코끼리가 죽었는데 뭘,

코끼리가 죽는데 뭘,

한 손에 안기는
—이상 이상 이상

'98년 등단초기 월간지 말미에 시 두어 편 발표하고 몇 달 황홀하더니
해가 지나 한 해에 스무 네 편을 발표하더니
어느 문예지에 신작 차례 절반 위로 훌쩍 오르더니
어?
이 책엔 끝부분에 게재 되었네

가나다 순인가?
　　　　아니다
등단 순인가?
　　　　아니다
앞뒤 페이지 몇 번 뒤적이다 유명 순인가?
등단지면?
나이순?
　　　　아니다 아니다

그거 모던하네 아니다 거 포스트모던하네

시를 앞에서 읽어가다가 절반 못가서 덮는다
시집 뒤편에서 읽어가다가 절반 못가서 덮는다

엊저녁 TV뉴스를 조간신문에서 읽는 듯하였는데

고품도 신품도 다 볼 수 있는 無順
등단무순-나이무순-시집유무순-유명무명무순

좋은 느낌이다

어디서 시작해도 좋은 얇아서 좋은 휘감아서 좋은 내 이상과 얼추 맞는
『이상』 모더니스트 이 선생
한 손에 안기게 더 날씬했으면 좋은

무음시계

시작은 춤이다. 시침 분침 소리가 사라진 공간에서 각각 넘어서는 것이다. 제지하는 힘이 없으니

페허에 눕는다. 우리는 생명 이전으로 가는 건가 땅에 금 그어놓고 세운 막대기에 해가 걷는 각도를 바라보며 나란히 걸어가는 나란히 누워있는 시간 너와 나의 꽃잎은 날고 증오는 오만과 무궁 무궁

지는 춤. 사랑의 밀어를 해독하지 못한 우리는 밤에게 잎들에게 묻는다. 모이고 섞이며 빛과 어둠이 생성하듯 소멸하듯 정점이 겹쳐지듯 한 발 앞 안개의 바다로 내리라 한다. 사방은 사이렌 직전 공간에서 절벽에서 새들은 날아가고 언젠가 몸이 무음일 때 우리는

정지한 눈과 열린 터널 머리의 빈 방일 수도 정오나 자정일 수도 있을 때 곧 무궁 무궁 흩날리는 춤 시작이다.

질긴 유혹

내가 아이였을 때
내가 청년이었을 때
내가 백발이 되어도
따라 오는 바람
봄이 온다
아지랑이 분홍 혀처럼 온다

손끝 발끝 페이지 가득
눈을 크게 하는 가슴을 크게 하는
평정을 주는 달콤함
평정을 잃는 달콤함
울음을 녹이는
블랙m 초록m 노란m m m m

달콤한 스틱에 빠지지 않으려고 버팅기다 커져버린 몸
향을 잃어버린 혀

초콜릿 봄, 입 안 가득 고인다

중독의 도시

며칠 금식했더니 목적이 뵈지 않더군 한 가지 생각뿐 어느 곳을 향해 웃을까 웃는 얼굴이 우는 얼굴에 묻어 있다 생각에, 배부른 날 생각에, 뛰는 날에 주저앉을 저녁이 있다는 생각, 빈 주머니가 서럽지 않은 빈이 힘인, 유리창은 바람이 힘, 바람을 흔들어 기차를 부르는 새벽 흔들거리다가 몽환에 빠졌는데, 어디 빠지지 않고 살 수 있겠소

제한속도 없는 인류의 위력 소멸의 위력 아무것도 보이지 않으니 다 보이는, 뼈에 덧입은 관념 몸통이나 재물 창고는 남아 있는가, 도시 매연이 아우슈비츠라는 기관차를 생각하게 하고, 누가 먼저 번제물이 될 것인가 생각하게 하고, 비틀거리는 돌들의 제국, 바로 걸을 땅, 신을 벗을 神의 땅이 없도다

생각을 멈추어 심장을 조절하고 '괜히 왔다' 가는 목련의 밤 이름 지우고 그리움 지우고 매일 그 빵 그 하늘 그 무게 들이켜야 하는 행렬에서 물구나무로 성큼 걷는 方法으로 지구를 들고 바람을 들어 세상을 움킨 명상으로 시간을 금식하니 목적이 보이더란 말이지 하늘, 땅, 바람, 어느 제국에 취해야 할지

하루를 건너는 법

강을 건너간다 0시 흐르고 0도의 자모 흐르는

백족의 지네, 자벌레, 글자판을 기어 다닌다

돌침대 한켠에 웅크린 잠

5시, 한 줌 한 줌 장미구름 일출을 흔든다

풀이슬-땅꽃-대나무-향나무-측백-메타세콰이어, 오늘의 몫
여리고城 한 바퀴 밟는다

왼손에 전화기 물병 자동차 키, 키로 찾은 자동차 주저앉은 뒷바퀴
언제, 누가, 어젯밤을 더듬어본다

1+1 할인매장 공룡들을 위한 내일의 풀을 산다 오후를 하이패스한다

울대가 다른 눈, 코, 입 향방 다른 지상에서

숲속 벌레들 자꾸 숨는 저녁

TV '신기한 짝짓기'

① 대여섯 수컷 거북이 방해로 위대한 엑서더스! 암컷 거북이

② 수컷 코끼리는 서른 살에 암컷 코끼리는 열두 살에 짝짓기한다

③ 빨간 암컷 노래기가 여러 수컷의 정자를 보관한다

검은 소파 24시

영화, 드라마, 다큐, 뉴스, 뉴스, 명견만리 하루를 끄고

아직 함락되지 않은 성 스멀거리며 넘어간다

[우리가 퇴장하면] 강남이 강남일까

나 여기에 있는데 내가 어디 있는지 나도 찾을 수가 없다.
어디라고 말해야 하나
사방이 문이다. 사방 벽을 열면 갇혀 있는 얼굴들

바람 사이 소리 사이 좌표가 이동한다. 사방 숫자가 움직인다.
어느 우주가 어떤 우주를 순화시키고 있는지
아침은 그곳에서 떠오르고 석양은 벤치에서 저물어
나무 걸음으로 퇴장한다.
나는 퇴장하고[우리가 퇴장하면] 강남이 강남일까,
서성이던 사슴 기린 고라니 사라졌다.
날아다니는 물고기 떼 은행나무가 사라졌다.

맑은 날 보이지 않던 거리가 폭우 쏟아지면 보이는 거리
너와 나[우리의] 흑백 배경이 바뀌어 여기까지 오느라
다 닳은 신발, 다만 던져버릴 것들,
매일 회전하던 무대 사라지고 11번 출구 사라지는 무한數,
내 위치 알 수 없는 數, 좌표 이동한다.

달팽이는 항상 도달하고 항상 사라지고

잘라버려야 아름다운 몸
아름다운 신전은 얼마나 품으면 따뜻할까

무수히 줄어드는 70억, 인류 혼돈은 흐르다가 질서가 되었는데
'우는 여인'의 분출로 개벽으로 사방이 물이 나 이동한다.

강남역까지 한 시간

바람 길에 사람들이 간다. 밀려서 오르고 밀려서 나가고 지하상가 쇼윈도 없는, 얼굴 없는 마네킹을 스치며

균일가 옷, 균일가 신발, 균일가 모자, 즐비한 통로에 한 사람이 서 있고 한 사람이 서 있고 한 사람을 기다리는 한 사람의 무리, 위치점 없는 기다림, 층계 아래에 서 있는, 층계에 서 있는, 층계를 올라 지상에 서 있는 사람

담배연기 심한 골목에도 형형색색 기다리는, 11번 출구 총총히 서 있다.

만나는 사람 꽃잎이 되어 사라지고, 한 사람 한 사람 기다림이 모여 있다. 서서 길게 누워있는 사람, 눈이 깊은 사람, 상의를 입은 사람, 하의를 입은 사람, 한 부분을 실종한 사람이 서 있다. 서 있는 사람과 서 있는 사람 서로 바라보지 않는다. 채워지지 않은 사람들

밀집지대 홀로지대에서 국경을 넘지 못하는 사람들, 국적이 다른 별이 다른 머나 먼 종족들, 대나무는 대나무를 죽순은 죽순을 모르는, 나 홀로 지경에서 조금씩 자라가는 잎

새들 사라지는 만남들. 나는 언제 떠나갈 수 있을지 어제를 기다리면 그가 오는 거다. 비가 오는 날 조금 더 서 있어 본다. 누가 내 곁에 서서 강남역 바람을 맞고 있다.

절정, 어디서

'어디서 와서 어디로 가는가 우리는 누구이고 누구일 것인가' 어디서 왔다면 기적이고 어디로 간다면 기적인가 큰 나무가 없어 연습 없이 물음 없이 가는 生 老 病 死 허방에 愛 惡 慾 누구인들 어떠랴 의상에 변하는 이름, 모자에 변하는 계단, 누구인들 좋은, 남루한의 절정, 오늘에 던져진 붉은 몸 바람이 일어 시작인가 구름이 일어 명령인가 하나에 하나면 하나, 하나에 열이 하나, 하나에 백이 하나 욕망하는 무대 박수치던 관객이 바뀌었는가, 막 내릴 때 고요한 이유는 스크래치 형식으로 엿보는 태초는 어제 티끌이었으니 어제 체액으로 소멸을 고집하는 우리가 무기명으로 마른 풀 되어 누웠다 흔들리는 자유 들끓던 단막극이 끝났는가 해가 조금 남아 아직 몸 뒤집지 않았다

절정, 무엇이

'무엇이 되어 다시 만나랴!' 소리가 모여 디오니소스 합창 이루고 빠르고 느린 걸음이다. 언덕이 다른 인생, 가쁜 숨 다닥다닥 푸른 콜라주 푸른 멜로디다. 골목에 널린 빨래라도 하늘 향하고 새털구름에 금빛 드는데 대양의 파도 한 잎 한 잎 각이 다른 울음 운다. 도시 인해전人海戰 밀려오는 한 사람 한 사람 꿈이 사라진 창에서 새들의 비가悲歌 흐른다. 별과 별 한 뼘 거리에서 안개 벗으면 무엇이 되려는가, 빈자貧者의 차림 가지런한 뼈에 덧입은 관념이 이상이다 욕망이다 사물이다. 바람의 빛 백자의 빛 이마 붉은 지붕에서 내가 잡은 물고기 새벽하늘이다. 아무리 들여다봐도 흐르는 모래알 흐르는 시간은 무엇이 되어 물 찢어 오르는가, 역류는 절정, 오르다 오르다 우리 어떤 해저에서 다시 만나랴

제3부

꽃이 시들 때 가장 평화롭다

꽃이 핀다. 거름이 되기 위하여
흔들리다가 밟히다가
가을날 풍장을 위하여 향을 피운다
꽃샘바람 벌 나비 유혹에 도도히 피어오른 한 송이
청춘 게임이 끝나고 절반을 걸친 외출
거리를 거닐어도 아무 시선을 당기지 못하는 잡초
돌아보니 잠든 도시 바람이 다 자는데
휘감아 도는 나의 향 혼자 평화롭다
몸에 꽃이 진다.

삼각김밥

내게 맡긴 적 있었던가 내게 보인 적 있었던가 마구 우그려 넣었지 너는 명령이고 너는 하늘이라 온도를 잴 수가 없는 푸른 어깨가 없는 너는 잔기침 튼튼한 세모라 빈자리가 없는 청색 끝이라 단단한 한마디 한마디엔 녹슨 구름 먹장구름이라 온몸 구겨버릴 수밖에 네가 반죽하고 네가 우그려 넣은 얼굴 쉼 없이 변하는 붉고 푸른 목덜미라 손도 접어 넣고 머리도 접어 어그 부츠만 어그어그 걷는 겨울 모퉁이를 돌아보다 마주하는 얼굴 때론 칼 심는 박토 한 줌이라 바람이 없는 제3의 하늘에 길들인 人生이라 무심히 소멸에 삼킨다

미생물의 밤

나 홀로 달을 본다 고양이 깊이 웅크리는 밤

보이지 않는 밤에게 무엇을 할 수 있는가 말을 걸어보다 가만히
미소 띄워보는 밤

8월 중복 자정 뉴스;
[승용차 앞 유리창이 깨지고 혼잡해진 내부
먹다 남은 캔 커피에 미생물들이 뿜어낸 가스가 폭발했다]
외로운 미생물이 폭발하는 밤

6번 '비창' 아다지오 라멘토소를 듣던 밤 비통에 빠지는데
조용하라 했더니 열흘 밤 지나도 조용한 밤

벽을 향해
그림자를 깔고 앉아 있는 바위들
마이 폰
마이 컴
마이 카
마이 룸

홀로 꿈꾸는 미물의 밤

달도 작은 몸 비집고 들어온다

슬퍼하는 자와 기뻐하는 자와
우는 자와 웃는 자와
푸른 버스에 나란히 서 있을 뿐이다

이 줄 맞아요? 맨 앞으로 가서 묻고 맨 뒤로 간다.

동행 동고 동락 그런 일은 있을 수 없다
팔 하나 다리 하나 잘라준다 그런 일은 일어나지 않는다.
긴 줄, 고개 숙인 아침인데
어금니 하나 뽑아 옛 정을 전하는 푸른 시대가 지나갔다.

새벽 출근시간 담장에 붙어 있는 얼굴들
마지막 잎새의 연명은 한 끼니의 줄을 잇고
참을 수 있는 푸른 하늘을 지나 세종로로 버스가 간다.

내 것이 네 것, 네 것이 내 것, 이었던
해 아래 딱 한 번의 공유 통용 사례를
알려다오 푸르른 피 누구에게 적합한지 적합지 않는지를

사랑이여, 몸통이 남아 있다 더 줄 게 남아 있다.

희극으로 마치느라 울며 태어난 건 연습이었지
네가 우는 날 내가 내가 우는 날 네가 웃었지

주머니에 넣어둔

시간을 조물거린다 미움 한 줌 사랑 한 줌
시간이 닳도록 어제의 구름에 손을 넣고
집히는 주머니 동전을 세며 떠오르는 추상

한 평 가옥을 조물거리는데
시스티나의 천국과 지옥이 열리는데
달아 별아 구름을 웃고 바람을 웃는 너는 무엇
씨줄 날줄 폭우 아래 나를 우는가 쾌락을 우는가
최후 시간이 재어지지 않는 곳
나를 지은 너를 바라보며 결국

알파파 신호에 기대어
첫 입술—첫 수유—첫 유배—첫 죽음—첫, 첫
처음 너를 피해 거니는 이방 미로 은둔이 자유로워
전자궤도를 조물거리는 자위, 웬 행운인가?

런웨이

걷다 보면 남자가 폐경이 온다. 사막 길 가노라면 기적을 이루는 길 아니라도 습관대로 명령대로 긴 하루를 횡단 하노라면 불기둥 구름 기둥 기적보다 신발이 닳지 않는 기적보다 등진 가슴 부둥켜안는 인간적 그대로, 낮에도 떠 있는 별, 밤에만 볼 수 있는 비의 그대로, 바랜 도시 검은 코트에 눌린 채 행군하는 걸음, 걸음을 잃어버린 불안에 어긋나는 발, 남자의 폐경은 나비효과에 빠진다. 지구 뒤편 개미와 공존해야 하는 하루하루 생존이 칼날 직선에 있다.

누드•

그린에 그린은 그린이 아니다

블루는 블루에 블루가 아니다

블루에 그린은 그린 블루는 블루

진동이 심한 낮의 파장으로 인해서 어둠이 된다
붉은 밤 붉은 길은
등을 길게 드러내어 발 앞에 놓일 때처럼

우주는 태고에서 이미, 신비는 태고에서 이미,

과거를 가르치는 노인 눈빛처럼
시계를 다 삼킨 악어처럼 거리를 돌아
세상과 먼 생활이 나를 무채색 소음에 얼버무린다

얼비치는 그림자는 백의를 풀고

발자국 소리에 가슴이 커지는 여인처럼

무지개 뜨지 않는 언덕에 곧장 둥근 밤이 온다

• 피카소, 1932년, 「누드, 녹색 잎과 상반신Nude, Green Leaves and Bust」

새들이 날아가는지 아니?

'사랑의 밤이 끝나고 진정한 행복이 시작되네
근심이 다 지워지고 행복하네 이만큼 행복하네'

이슬 한 방울로 배를 채우고
허공이 허방이라 그래서 날아가는
나무에 품과 체온이 생기니까 날아드는
조각하늘을 심는 새 바람 집을 짓는 새
함무라비 法을 짓는 새

청색 배경 가지 끝에 감 한 알 달렸는데
아파트가 빠져든 저수지 계속 일렁이는데

당신 혼자 남으면—
당신이 혼자 남으면—

내일이 겨울인데 손을 어디서 녹여야 하나

깊이 날아가는 새 '장밋빛 인생'을 노래한다

미니어처

23층에서 내려보는 퀵 서비스 속도가 느리다
63층 스카이라운지에서
두바이 버즈 칼리파 122층 식당에서 보면
지상의 몸 나는 얼마나 붕붕거릴까 벌새처럼

50년 동안 서울에서 경기도 사람을 생각해본 적이 없다
섬사람을 생각해본 적이 없다 검은 산골 사람을
몽골의 바람을 흰 겨릿소 등짐 무게를
소말리아 짐바브웨 아프리카 오, 아프리카 검은 태양을
생각한 적이 없다

수원 천천동 마을버스 기사님은 표지판 없는 정거장에
매일 그 자리 서 있는 그 사람들을 위해서 정지한다
매일 빵 굽는 매일 분갈이 하는 매일 김밥을 족발을 썰
어주는,
그 사람들을 위해서

민들레의 첫 만남은 겨울이었다

돌쩌귀에 뿌리 깊은 얼굴 더 해맑은 노랑이다

다시 하자

노란선 따라가시오 선이 끊어진 곳에 이 용지를 내미시오 속옷까지 벗으시오 가운을 입으시오 종이가방에 옷을 담으시오 눈 감으시오 숨 멈추시오 숨 쉬시오 숨 멈추시오! 제4 국가 제4 언어 제4 표정으로 하얀 로봇들이 호모 사피엔스를 향해 명령한다 왼손 검지에 산소 골무를 씌우고 검은 두개골 바가지에 머리를 끼워 넣고 사타구니 동맥에 매운바람 화라락 타오른다 온 몸 얼굴과 손톱과 음부까지 불내음에, 찡그리지 마시오 명령에 천사를 지으며 어슴어슴 나는 옛집을 찾아가는데 마취된 몸은 수문이 다 열었다 옛 어머니 아버지 작은 형제들이 조물조물 흐르는데 뇌동맥 꽈리에 백금코일이 채워지는데 마취가 풀어지는데 바닥과 천정 벽이 뒤엉키다가 휘휘거리다가 정지되었다. 다시하자 화분에 물을 주고 나무를 세우고 생각을 컬러링하자

하루를 뜨다

의자에게 옷을 벗어 주고 여기를 지나 계단을 지나 바깥 바람을 입는다. 잊지 말자 탈출 다음엔 무엇을 할지 뛰어내리지 못하는 버스가 자주 여기이다. 너의 입 너의 눈 너의 헐렁한 품 '여기' 오늘을 뜬다.

정오 그림자는 하늘을 땅을 젓는다. 숨을 참는 건 비밀을 참는 것 타인의 날숨을 더 들이켜야 하는 아직 네 정거장 더 숨 쉬어야 하는 강제노동이 하루를 뜬다 매일 같은 각도 푸른 표본에 꽂혀 있는 나는

누가 깨운 돌인가 낮부터 뜬 달 네가 보이질 않아 또 간다.
어제 그곳 내일 그곳 낮달은 떠 있고 하루를 뜨는 손발

거미줄에 팔랑이는 날벌레를 삼킨 나는 떠오르고 벌레는 내 안에서 하루쯤 미쳐 있겠지

빨주노초파남보

다 섞으니 명징한 검정이다

어둠을 조금씩 긁으면 작은 창이 드러나고

창은 환희 지하방 불빛이다

별들이 야식하며 야학하며

누빈 하늘 누빈 밤 밤을 거느리고

오체투지 숭고를 거느린다

거느림은 밤을 쬐는 이불

움직이면 도달한다 바라보면 도달한다

빨. 주. 노. 초. 파. 남. 보…… 더 명랑한 빛으로

평화

활짝 웃고 계신 어머니 망초꽃 한 아름 안고 계신다
터지는 무아, 無我의 순간 소리 없는 통곡 앞에
사물에서 물질이 되는 사이 가여운 나의 평화는

나를 떠낸 우묵한 구덩이는 만세 반석 여는 순간
지상의 문에서 호흡이 정지되는 순간 말이야
눈빛이 정지되는 순간 말이야 날 기다리던 그 밤에
오랜 잔혹史로 남은 어머니가 투명해진다 평평해진다

은금이 없어도 가난이 없던 손길

세상은 세상에 두고 흘러가는 방주에서
우리가 잠잠해질 때 깊은 잠 해빙 순간에
그 평안의 넓이와 높이와
그 길이에 가득한 어머니

사라지는 만물들 하염없이 움직이는 사랑들
봄까지 구르는 갈잎은 생각하고 있나
사물이 사물함에 들어간다

아버지

인류 역사에 끼워 기록할 수 없는 왕이여

누구에게 누를 끼치지 못하는 활자를 밟지 못하는
벽을 향한 인고忍苦 긴 인고의 생애

평양–동경–만주–난징–상해 프랑스조계–부산–서울 변두리

육남매 이름에 세월 새기고 세월 삭이고
커다란 독에 모래 · 자갈 · 숯 모래 · 자갈 · 숯을 켜켜이 깔고
정수를 마시게 하던 아버지
쌀 아니면 차조밥 냉수 아니면 더한 정신력으로
콩 한 알을 나누라 못질하시던

극빈한 정의正義는 극빈한 가난을 부르고
지극히 찬란한 이상理想은 높이 떠 있는 애드벌룬
늘 주는 바보 늘 지는 바보 아버지

해지려는 흰 교복에 반창고를 붙여주던 저린 미소는,

가난을 연습하라 길에서 먹지 말라 주머니에 손 넣지 말라시던
디오게네스의 당당함으로
내일 아침 빈손이어도 빈자에게 주는 빈자의 손길—,

나는 아홉에 하나 더 채우려는 걸음인데,

구름아 비켜주라 이제 아버지의 길로 가리
그가 누리던 태양을 누리리

칼

밤이라야 밝아온다. 밤을 길어 올려라. 그믐의 달을 이겨낼 사막의 밤과 사막의 낮을 채워 길어 올려라. 너는 너의 아들을, 나는 네게 평생 부어지고, 어머니의 물은 평생 내게 부어졌다. 천천히 펌프하라. 통의 물이 펌프에 적셔질 때까지 네 사막에 펌프, 아들아 달려오는 파도 미래에 자꾸 너를 세운다. 우리는 무너지지 않으려고 일제히 먼지처럼 내려앉았다.

보았다
132년
역사
미국
'코닥'
건물과
13만 명
직원이
'흔들'
하더니
돌 위에
돌 하나

남기지
않고
치솟는
밤사이
무작위적인
또
하나의
사막
먼지가
생성되는
것을

어느 노동

몇 시요 뭘 숨겨 놨소 얼마만한 무거움이요

팔짱을 끼고 두 발을 꼬고 거울 앞에서
흔들거리는 자조에 어느 시선에 움직인다 나는

어느 책에 매달린—어느 희락—어느 해학—어느 악습에서—어떤 길—어떤 싸움터—어떤 시장—그 휴지에—그 커피 잔—어떤 고목—무거운 어깨가방 아래—야누스의 미소—포크와 나이프를 든 시선에 나는

때론 천사 천사이고 악마 악마인 얼굴이
다른 옷 다른 길에서 어둠이 내릴 때 나는

'도망쳐라 도망쳐라' 엘리베이터 오를 때
찌르는 뭉치 펜, 원인 한 뭉치, 어제 죽음 이후
다른 판 다른 죽음을 향한다

아무리 양육해도 자라지 않는 키 몇 권 책으로
언제 오르려 하오 그래도 바늘구멍을 달린다
내일 아침 거울 앞에 도달할 목적이라오 나는

나는 장미가 아니다

나를 향해 장전한 100인의 눈길 100인의 발소리 山이 저벅 다가온다
거기가 끝이냐 여기가 시작이다 어둠이 대답한다

1인시위 듣는가 (들리는가)

나는 장미가 아니다 나는 밥이 아니다 알레테이아를 듣다
나는 바람이 아니다 나는 나드가 아니다 물방개 아니다

입속에 거미집 타는 머리카락 타는 눈과 손등 거스러미를 보라
목과 다리 푸른 정맥의 웅변을 보라

불쑥 "내가 누군지 알아?" 나를 위협한다

네 발로 휘적거리다 국밥 먹는 사람
훔친 자전거 타고 가는 사람
막국수 시킨 너
차창 비집고 꽁초 불을 버리는
절반 남은 커피 두리번거리다 지하 계단에 놓고 가는

"내가 누군지 알아?" 나도 켜질 수 있지
나는 주머니에 돌 넣지 않고 바람 넣지 않아
물매가 없다 칼이 없다 가시가 없는 장미

바퀴를 따르는 은어 떼, 구르는 잎들은
물결에 대한 혁명인가 바람에 대한 혁신인가?

내 앞에 저벅, 너 서 있어도 나는 나인 거

제4부

7miles

Steven Paul Jobs
1955년 2월 24일 미국 출생
2011년 10월 5일 사망
신장 188cm 리드대학중퇴
2009년 포춘지 선정 최고의 CEO
2011.08~2011.10 애플 이사회 의장
2011.03~2011.10 월트 디즈니 이사
영화 같은 인생을 살다
IT 트렌드의 주인공

늘 절망하고 늘 우직하게 stay hungry stay foolish
세상에서 무엇을 배워야 할지 스스로 터득한 사람

「헤어 크리슈나」 사원에서 일주일에 한 번 주는 식사를 위해
일요일 밤마다 7마일을 걸었다 11.265Km를

"죽음은 삶이 만든 최고의 발명이다"
미래가 있는 현재가 있는 죽음은 최고의 텍스트라고

이룬 것이 자랑스럽다 이루지 못한 것도 자랑스럽다
사람들은 보여주기 전까지 무엇을 원하는지도 모른다
모르는 것이 자원이라며

반항과 자유와 실패와 혁신과 배고픔이
한 입 깨문 애플을 지구 무대 위에 올려놓았다

The Top

뭘 읽을까 뭘로 채울까 니체 플라톤 브레히트?
아니다 왕들의 족적? 왕들의 대로? 아니다
인류를 읽을까? 지구를 읽을까?

해가 빠져나간다 다시 그늘에
깊이 빠져나갈 일을 저질러야 한다 결국
두 얼굴 두 방향 두 목적 그리고 두 권태를 안고

모처럼 빈 집은 맨발의 춤을 허용한다
웃음이나 울음 천년의 주름을 허용한다
한 컵 물이 하루의 양식으로 투명한,
온전한 육체자 포식자 게걸자로 허용한다

에덴을 잃고 사랑을 잃은 백치 백야를 춤추는
무녀는 한 줄기 빛 소멸을 허용한다

낙엽 한 장의 역사 나를 저버린 나
몸 굽고 마음 굽은 시간에 나른한 척추는
빈 집 어디에 닿아도 호의적이다 빈 나를 허용한다

See Saw

모퉁이만 돌면 늘 새것 웃는 이별, 문득 웃는다
지나가는 방법마다 표정이 달려
맨 위에 가마우지 태우고 검은 이름으로 흔들거리는

모든 사물이 거울이 되어
나의 대역이 되어

멀리 여름이 보였다
여름이 보이지 않는다

길을 절반 베어놓은 우리는
당신의 오름에서 당신 기준만큼 늘이며

가는 길 가는 사람들—
길 오는 사람들—

타이어를 갈아 끼우고
장미를 보는 나는 장미에 빠져
물결을 쓰다듬다 물결에 빠져
오늘 아니면 갈 수 없는 바닥으로

드높이 맨 아래로
내쉬는 숨으로 더 낮아지는 더 부끄러워지는 안이

보인다 보였다

Bus Stop

울음 가시가 보이는 물고기들 땅에서 유영하는 이유처럼 버스를 기다린다

주먹이 없으니 하늘이 없으니 얼마나 많은 오류가 일어났는가 이단이 일어났는가 강도 만난 피투성이의 이유를 제사장의 이유를 스쳐 지나가는 걸음 그의 형식을 버리고 줄줄이 검은 머리에 검은 비 정거장 표지보다 멀리 사랑의 조류에 절벽이 무너져 내리고 어깨에 힘을 줘도 돋지 않는 날개, 바람이 자는가, 화근이 될지 유골 한 점 놓고 간다. 보고 있는가 당신, 당신 방에 가는 과오로 살아 있는 과오로 찢기지 않는 열망은 끓어오르는 기류에서 버스를 맞으러 꾸불텅꾸불텅 식자 푼수 훈수에 따르는 장사진, 서서히 사라지는 뱀

아, 이름이 없다

허술한 옷 지나가는 여자
술도 물도 마시는 척
일없이 걷고 괜히 건너가고
괜히 올려다보고
일상이 없고 현실이 없고
환상이 없는 몸
달도 해도 잠도 없는
허공이고 낙담이고 깃털도 아닌
말문이 막힌 고래 뱃속이고
화면 밖 갓길 밖
웅덩이에 곤두박힌 사체로
절대 죽지 않는 악역에 밀려
등만 보이는
모자만 보이는
서푼짜리 오페라● 배경이다

70억 인류 중 유일무이한 등장인물인 나, 그래도

● 브레히트.

아, 이름이 없다

100전 100패 경주마 퇴장하는 날

나는 아침에 달렸고 저녁에 달렸다
어제도 달렸고 지금까지 달렸다
연패 기록을 걷어낼 때 재갈을 걷어낼 때
초원을 맡으며 초원을 거닐며 한 번 뒤돌아보는
더 이상 경주하지 않는 경주마

1등 1등 되라 꼴찌로 달린다
천재 천재되라 둔재로 달린다
바람 안고 아웃 트랙 하염없이
트랙에 펼친 인생 퇴장까지

태양에 든 흑마 아님 적토마에 베팅하지 마라
마지막 질주 100전 100패 완주에
죽어도 드러내지 않는 심장, 심장이 뛴다

100전 100패 나를 기록한 그대
함께 질주한 그대

구름에 날아 간 새가 無였나
그대 無인가 나 無인가, 이름이 없다

X는 O

물컹한 가슴 구름에 쓴다 이곳을 건너가자

숨을 들이지 않고 멈추어있다 이제 건너가자 초침 동선으로 지속형으로 타인이 가득한 내 안에 불현듯 점멸하는 힘이 이륙한다 이륙한 자리 어두운 골목에서 멈춘 비구상非具象, 나는 비구상이다 추상이다 하는 견해에 글을 쓰는 그 순간 나를 감금시킨 정물화靜物畵 속에

X선 곧장 가운데 눕는다 흰 뼈를 드러낸 가슴 정체불명의 다른 체위이다

아침이 다른 저녁이 다른 외로운 식탁 얼굴이 가변차선이다

열중쉬어라 내가 풀어질 즈음 하늘 명령이다 어깨에 걸린 외눈 외발 외출은 언제나 떨림 흔들림으로 달리는 아코디언이다 바람을 밀어내고 끌어당기는 좁은 길노래 슬픈 게이와 창부처럼

너를 버리고 갈아탈까

하이 빔을 켠다 너는 반대편을 달리고 너는 검은 화장을 한 주름상자 둥근 재킷을 입는다 웅성거리는 바퀴들 숨 멈추는 사이 빈 궤도를 포착한다

이제는 침묵

살아 있다는 건 반전의 시간이 있다는 것이다 어제 죽었더라면 풀을 베지 못하였으리라 사과를 따지 못하였으리라 어제 죽었더라면 검은 노즈베일을 날리지 못하였으리 파도가 눈물인지 모르는 아이들은 거품을 좇다가 빠져드는 아이들은 어제 죽지 않은 아이들, 오늘도 살지 못한 아이들, 어제 죽지 않았더라면 너의 입술 기억할 텐데 아무도 오지 않는 햇살 등지고 이제는 침묵이다 바랜 잎 더 바래지는 반전을 반납한다 오후가 간다

햇살과 바람은 어디서 머무는가

'땅의 기초를 놓을 때 주추는 무엇 위에 세웠으며 모퉁이 돌은 누가 놓았는가 땅의 넓이를 아느냐 눈 곳간 우박 창고를 보았느냐 하늘의 궤도를 아느냐 비에게 아비가 있느냐 얼음은 누구 태에서 났느냐 공중의 서리는 누가 하늘의 물주머니를 기울이느냐 수탉에게 슬기를 준 자가 누구냐'

어린아이가 늙은이가 되는 기적의 시간 너에게 경의를 표한다 발이 구두, 구두에 발처럼 내 이름 가는 곳마다 함께 가는 너는,

낮은 구두가 필요할 때 묵은 코트가 무거울 때 검은 치아를 보았나 마른 입안 대지가 말할 때 창가에 머리맡에 부적 같은 핸드폰에 기척을 기울일 때 너는,

밝아 올 때까지 핏물이 넘쳐 비워질 때 가슴에 피멍울 척출해 낼 때 흐르는 두려움 보이지 않는 얼굴이 더욱 그리운 날 횡경막 한 층씩 내려앉는 날숨, 남은 금전이 점점 깊어질 때 너는,

마지막 날 좁은 들것에 단단히 묶일 때 통증이 새지 않는 119 자정이 지난 도로를 달릴 때 마지막 호흡을 기록할 때 냉동실에 명패, 냉동으로 차오를 때까지 어둠이 가득해질 때까지 모든 발자국이 멀어질 때까지 더 단단해지는 나는 이름을 부른다 너의,

불길은 세상을 무너뜨리고 쓸어 담아 건네는 몸 한 봉지—, 견디려는 봄 잔혹함으로 열리지 않는 꽃봉오리들 흰 돌들은 어디로 가는가 해 오르는 고장에서 햇살과 바람뿐인데 너는,

스튜

긴 여행 중이라 아무 것이 없네 무엇을 먹을까 빈 냄비에 나무 주걱을 젓는다 지나온 바람을 오르려 했던 언덕을 슬며시 고개 저으며 흐르는 구름 한 움큼 그늘 한 움큼 겨울을 지나는 여행 중이라 하염없이 배고픈 저녁 물 같은 과거 파장을 저으면 스튜가 될 건가 배고픔을 연습하라셨지 없는 것도 있는 듯 생각하라셨지 지나며 본 것 들은 것 스친 사람들 긴 철로 기억을 젓는다 배냇짓 웃음이 하루에 몇 번이던가 신생의 울음이 환희였지 어제를 젓는데 훈훈한 내음 스튜가 끓는다 가진 거 없는 냄비에 가득히 걸쭉히 졸음이 오는데 손에 든 흰 돌멩이가 따뜻한 저녁 기차는 간다

좌파·우파

내가 있는 곳에 좌가/우가 있다
오른쪽 사람/왼쪽 사람
오른쪽 집/왼쪽 집
오른쪽 하늘 땅 비/왼쪽 하늘 땅 비
오른쪽 이유/왼쪽 이유 반항/항변
오른손 흰 걸레가 오른쪽 바다를/왼손 걸레가 왼쪽 흰 바다를

좌우가 같지 않은 세상 몸에 중심을 세운다

두 귀에 이는 바람이 다르다 두 눈의 각도 측량이 다르다
경계를 안고 대칭을 안는 좌/우
좌/우의 아우성 절벽이 내지른 밤이 내지른 메아리가 다른 반응

이슬이 풀잎 중심에 구르니 단단한 새벽이 된다
세상을 압축하는 뇌 우글우글 고뇌 이야기가 된다
오른쪽/왼쪽 명령에 어디로 펼쳐야 할지 좌가/우가 포진하고 있다

내가 보는 TV 여자/남자 안/팎이 있다
내가 마시는 커피 크레알토/카프리치오 캡슐이 있다

점심은 뭘 먹을까? 대선 어떻게 끝나는 건가?
칼날에 좌/우가 있다

내가 아주 아프다

팔 다리가 절단된 환자들이 팔 다리가
아프다 한다 뇌와 연결되었던 대뇌피질
반응인가 호문쿨루스, 이것이 아니다

어머니가 가셨는데 내 안에 어머니가 아프다
오래전 네가 그리운 이유가 아직 너의 반응인가
주변 세파를 추종하는 절대 감정 아류자
音과 樂과 글 몸살 하다가 樂山樂水 몸살 하다가
사람 소리에 따스해지는 내가
가짜로 웃어도 웃는 줄 알고
가짜로 울어도 우는 줄 아는
뇌 기능이 순화되어 뇌 지도가 변화되어
먹어도 먹어도 포만감 오지 않는 빈속이다
사흘을 먹지 않고 울던 나는
세상과 무관 무관한 나는 하위로 하위로
발달해가는 머리, 몸이 팽창해 가는 노역에
보이지 않는 肉化가 더 아프다
뭉텅 잘려나간 두 팔 두 다리가 아프다
너의 호흡이 무참히 반응하는
나는 나를 떠나간 모든 육체이며 정신이며 혼인가 보다

그대 이름은 나비

파도가 덮칠 때 나를 모른다 할까
내 얼굴이 일각 다른 얼굴로 억측이 될까
자다가 낯선 구름에 있을지 그게 다행일지

경로석 비워라 여름 가리지 마라
타다 남은 육체 '네가 누구냐'
너의 부력은 알 수 없는 수위다
내 반경에서 접었다 폈다 하다가
어디 가서 최고의 호흡을 하려는가

내일이 어제 같아 엉거주춤 눈 낮춘다

그 집 앞에 서서 추억처럼
창 밖에 흐르는 커피 향기처럼

다시 아이가 될까 무서운 청춘이 될까
너울 탄 무임승차
죽지 않는 노병이여 사자를 품은 그대여

수염의 영토

왜 거기서 자니 난 쓰레기니까요

뭘 먹고 사니 날 먹어요 쓰레기니까요

왜 더러운 옷을 입고 있니
왜 냄새가 나니
넌 왜 쓰레기니

세상이 다 검정이라 들었어요

난 오를 수 없어요

내 위에 내가 쏟아져야 해요 꽤 이타적이죠

난 사방에 가득해야 해요

어둠이 여긴 없어요 학교가 없어요 얼굴이 없어요

이마와 턱 간극이 없어요 눈과 귀

수염의 영토가 없으니 사제가 없으니 천국이죠

머리를 버린다 가슴에 구두를 버린다

냉장고에 오래된 너를 버리지 못하는

나는 쓰레기

3인칭의 기쁨을 위하여

21세기가 건너가는가 나는 건너가는가
아프니까 나는 회복해야 한다

열차가 정지하고 지급정지 수혈정지
정지하고 있어도 밟히는 몸 꿈틀거리면 밟는다
쉴 새 없는 배설 다변 포개지다가 펼쳐지다가
배고프다 춥다 비가 온다 해도 나를 밟는다

나와 비슷한 놈 추어탕 한 그릇 시켜놓고
책을 읽고 있다 살아야 하므로

울음을 참으면 밟힌다 참지 않으면 밟힌다
포위된 정적에 잎새 하나 내 편으로 기우는 움직임은
왼편 모로 누워 있는 날 수 대로 그 짐을 지고
오른편 모로 누운 몸이 움푹 파여도 나는

아프니까 일어나 걷는다

분절되어 뭉개지는 마디마디 이 세기를 걷는 표적이 되어

꽉 시멘트 바닥에서 사막의 노래를 부르는지
서 있는 곳이 순교지다 나는 건너가야 한다

사바아사나[*]

힘껏 고양이 등 밀어 올렸다 내린다
엎드린 악어 누운 악어 첨벙거리다가
널름거리는 뱀 구르는 눈 천정에 꽂는다
낙타 등짐 내려놓고 잠근 몸 정신 여행을 한다
뿔 빼앗긴 무소, 날아오르는 무릎나비 펄럭이다
온몸 휘어 초승달로 서서히 가늘어지다가

구부린 쪽 구부리고 편 쪽 편대로 송장처럼—,

손과 발은 바닥에 두고 엉덩이 산 자세로
태양숭배 자세 전사 영웅 자세로
척추 바닥에 두고 팔다리 모관운동 털어낸다
사시나무 떠는 듯 1분 2분 3분 4분,
툭, 큰 대자로 사바아사나—,

상승도 하강도 아닌
움직임이 아닌 정지함이 아닌
죽음은 수련 신성한 휴식이라
가부좌, 앉아서 죽으라
허벅지 근육 서서 죽으라

빈 몸에 포대자루 걸치고 들이는 숨 내쉬는 숨

사바아사나—, 관에 있다

• Savasana: 인도말. 요가에서 송장자세. 가장 궁극적인 육체도 아니고 육체가 아닌 것도 아닌 세상만물과 동떨어져 최고로 편안한 자세. 몸은 정화되고 마음은 이완되어 내면의 조화를 이룬다.

옷을 벗으면

[베를린의] 自由가 온다
[날아오를] 꿈이 온다
[예기치 못한] 구원이 온다
[풀] 살이 닿는다
[모르는] 바람이 온다
[오래된] 아담이 없다
[먼 데 소리가] 끊어지는 빛으로
[날개] 방향이 온다
[새] 길이 뱀이라
[몸] 悲歌의 곡조라 뼈가 없다
[기둥] 허물어지는
[허물] 날아오르는 외침과 함께
[내용이] 없는 自由, 번호가 없다 누구시던가
[옷을 벗으면] 帽子를 벗고 신발을 벗고 순서대로 나열되는 꺼풀들
[불] 네 앞에 설 것이다
[재의] 沒落으로
[소멸] 직전의 얇은 흔들림은 청함의 손길
[물의] 명령을 다오
[지팡이를] 지팡이를 다오

[두려운] 겨울과 봄의 염원으로 푸른 나무사이에서 숨은 몸이
[사방이] 몰골이다
[나비] 곡선이 사라진다

해 설

묵시록적 비전과 근원 탐색의 형이상학
—이귀영의 시세계

유성호(문학평론가, 한양대 국문과 교수)

1.

우리 시대의 시인들은 한 영혼이 겪어가는 내적 싸움의 기록을 결코 마다하지 않는다. 거기에는 우리 시대의 중심 원리가 이성이나 관행에 의해 일사불란하게 관철되고 있다는 데 대한 근원적 부정과 함께, 그동안 이성이나 관행이 그어놓은 관념의 표지標識들에 대한 강렬한 해체와 재구축의 열정이 담겨 있다. 물론 이러한 부정 정신은 실험적 전위로서의 모험 정신은 물론, 잃어버린 시의 위의威儀를 다시 세우려는 고전적 열망을 함께 품고 있다. 그래서 그 안에는 인간들이 인위적으로 정해놓은 경계와 그 경계를 지웠을 때의 자유로움이 동시에 그려지게 되고, 우리는 그 자유로움이 바로 우리가 근대를 열병처럼 치르면서 잃어버린 어떤 소중

한 속성이자 원리라는 데 생각이 미치게 된다.

말할 것도 없이, '시인'이라는 존재는 이러한 자유로움을 통해 자신의 원체험을 부단히 변형하면서 자기동일성을 획득해간다. 그 동일성은 우리가 상실한 거대서사grand narrative의 대안적 지평을 끊임없이 욕망하면서, 우리 시대의 불모성과 실용주의적 기율 범람에 대한 유력한 항체抗體 역할을 자임해오기도 하였다. 그래서 '시인'이란, 두터운 시간의 적층積層과 함께 가장 원초적인 기원origin을 탐색하면서 자신만의 상상력을 외따롭게 형성해가는 존재로 탈바꿈된다. 이귀영 시인의 신작 시집 『[우리가 퇴장하면] 강남이 강남일까』(천년의시작, 2016)는, 이러한 외따롭고도 가파른 시선과 언어가 물리적 현실과 맞서면서 기원을 탐구하는 모습을 선명하게 보여주는 실존적 고백록이자 세계내적 존재로서 치러가는 치열한 사유의 도록圖錄이기도 하다. 그 안에는 많은 시인들이 건너뛰거나 간과해왔던 묵시록적 비전과 근원 탐색의 열정을 담은 형이상학적 충동이 함께 출렁이고 있다. 이 점, 우리 시단의 매우 귀한 성취라 할 것이다. 이제 그 세계 안으로 들어가 보자.

2.

이귀영 시인은 우리 삶의 기본적 분법分法으로 군림하고 있는 이항대립적 요소들을 하나하나 지워가는 일관성을 보여준다. 그녀는 몇몇 우의적寓意的 개괄로는 그 의미를 온전하게 파악하기 어려운 전언을 통해 사물들이 그리는 파동들을 감각하고, 나아가 부재 혹은 소멸의 징후를 떠안은 자신의 모습을 따뜻하게 사랑하고 긍정해간다. 그 사랑과 긍정의 과정에서 적대적인 이항대립은 해소되고, 궁극적인 통합의 사유가 진행된다. 다음 시편을 먼저 읽어보자.

우리는 시작한다. 모든 침묵을 그리고 어느 장미를 택할지 구두를 신으며 푸른 머플러 강물을 늘이며 아침에 찾아올 환영을 위하여 조용히 이름들을 벽에 걸어둔다. 조용히 우리는 내쉬기를 시작한다. 저녁에 뛰는 가슴 다시 일그러지는 것이 고마워, 더 이상 자라지 않는 아이들이 고마워, 운동장은 월요일을 낳고 더 이상 자라지 마라 식탁 아래 발들의 춤, 둥근 소리 가득찬 그릇이 고마워, 사방이 고여드는 자리에, 기운이 모여드는 식탁에, 생활을 짓는 손 곡선을 그리던 나는 멈춘다. 기억되지 않는, 가다가 되돌아오는, 오다가 다시 가는, 머뭇거림 하는,

우리는 조용히 손을 잡는다.
우리는 조용히 춤을 추기 시작한다.
우리는 조용히 뛴다.
우리는 조용히 그리고 섞인다.
우리는 조용히 아침에 온다.

멀어지는 앵글 겹치는 그림자 셀 수 없는 입체가 시작

한다.

—「우리는 시작한다」 전문

시인이 선언하는 '시작'에는 서로 충돌하기도 하고 낯설게 병치되기도 하는 이미지들이 선연한 빛을 뿜는다. 그리고 '침묵'과 '환영illusion'의 절묘한 결속을 통한 "조용히 이름들"이 눈에 들어온다. 이렇게 침묵의 언어와 환영의 그림이 상부相扶하는 결실은 다름아닌 '시詩'일 것이고, 그래서 시인이 말하는 시작은 어느새 '시작始作'을 넘어 '시작詩作'으로 번져가기도 한다. 이어서 시인은 숨을 내쉴 때 "뛰는 가슴"이 일그러지는 과정과, "식탁 아래 발들의 춤, 둥근 소리 가득찬 그릇"에 대한 새삼스러운 고마움의 과정을 동시에 표현한다. 이때 '춤'과 '둥근 소리'는 무엇인가? 일찍이 프랑스 시인 발레리는 '시'를 '춤'에 비유한 적이 있거니와, 그것도 '둥근 소리=모음'에 둘러싸인 '춤'이란 그 자체로 '시'의 메타적 상동체相同體가 아닐 것인가. 그렇게 "사방이 고여드는 자리"에서 시인은 "기억되지 않는, 가다가 되돌아오는, 오다가 다시 가는, 머뭇거림 하는," 기운들을 모으고 그 감각과 사유의 결실들을 자신의 언어 안에 담아간다. 조용히 손을 잡고, 조용히 춤을 추고, 마침내 심장이 조용히 뛰고 쉬이면서 조용한 아침을 맞는 과정이 이어진다. 언젠가 시인은 "내가 화가 나는 건 우리가 우리이기 때문"(「우리나라」)이라고도 했는데, 이 시편에서는 그 '우리'가 변함없는 주어로서 연속성을 누리고 있는 것이다. 이때 비로소 "멀어지는 앵글 겹치는 그림자 셀 수 없는 입체”가 시작始作/詩作을 하게 된다. 이 시편에서 중요한 것은 이항대립의 소멸 과정에 있는데, 가령 “아침/저녁” “뛰는/일그러지는” “둥근 소리/입체”의 통합적 연쇄가 “기억되지 않는, 가다가 되돌아오는, 오다가 다시 가는, 머뭇거림 하는,” 과정 속에서 이루어지고 있는 것이다. 그리고 그 과정은 조용하게 진행되면서도 “모이고 섞이며 빛과 어둠이 생성하듯 소멸하듯 정점이 겹쳐지듯”(「무음시계」) 하는 역동적 형상을 동시에 띠고 있다는 점이 중요하다. 그렇게 시작하는 아침에는, 아마도 “태어난 우리는 날마다 최후다.”(「일제히, 나목들이 서 있다」)에서처럼, 언어가 가지는 ‘최초/최후’의 계선界線도 마침내 지워질 것이다. 이귀영 시학의 근저에서 모든 ‘최초’는 이미 ‘최후’를 품고 있는 것이다.

처음부터 맨 몸으로 엎디었다. 바닥 경계부터 너의 신음부터 너의 후드득 떨림부터 너의 울먹임부터 너의 중얼거림 너의 체온 너의 기침 너의 속삭임 너의 터짐 내부로부터 묵묵한 너의 성향에 오르다 보니 너의 중심을 넘어 너의 몸을 다 읽고 말았다. 그래도 내게 음성을 들려주지 않는다. 처음부터 귀를 대고 너를 이해하기보다 온도가 전해지기를 내 하소연을 들어주기를 바랐던 거다. 혼돈에서부터 너는 밀리지 않는 것을 터득했다. 너의 가슴 너의 빛을 조금 나누어주기를 한 방울의 물과 한 움큼 빛을 위해서 기도를 잊지 않았다. 처음부터, 내 가슴과 맞닿은 너의 등은 우리 웃음

소리가 멀지 않다. 귀를 열면 네 온 몸을 싸매줄 뿐이다. 처음부터 너를 오르고 있다. 내 모든 핏줄 푸른 넝쿨은 너를 넘는다. 너는 나의 절벽이 되지 마라.

—「담쟁이넝쿨」 전문

이 시편에서는 "처음부터"라는 말이 '시작'의 의미를 띤다. 시인은 "처음부터" 시작된 '너'의 읽기 과정을 순수하게 나열해간다. '바닥/신음/떨림/울먹임/중얼거림/체온/기침/속삭임/터짐'으로부터 '너'에게 다가가는 과정을 통해 시인은 이미 "너의 중심을 넘어 너의 몸을 다 읽고" 있다. 하지만 여전히 '너'는 깊은 곳에서 울려 나오는 음성을 들려주지 않는다. 하지만 그럴수록 "내 모든 핏줄 푸른 넝쿨"은 마침내 '너'를 넘어선다. 이 넘어섬의 동작이 '너'를 '나의 절벽'이 되지 않게 하는 항체 역할을 하는데, 이는 '담쟁이넝쿨'의 외관과 속성을 유추적으로 끌어들여 사랑의 불가능성과 불가피성을 노래하는 모습을 보여준다. 아마도 시인으로서는 "종이에 쓰고 가슴에 쓴 사랑, 한 번 고백이 생생한"(「루브르 피라미드」) 순간을 기억하면서, 그 순간이 "순도의 시간"(「15호 질풍노도」)이 되게끔 구상하고 배려한 것일 터이다. 이처럼 이귀영 시편은 사물들이 그리는 파동 안에서 격정을 노래하고, 나아가 부재 혹은 소멸의 징후를 떠안은 자신의 모습을 사랑하고 긍정하는 쪽으로 귀결되어 간다. 그야말로 생의 '바닥bottom'이 유일한 '바닥basis'임을 "처음부터" 알아차린 속 깊은 현자賢者의 음역音域이 아닐 수 없겠다.

일찍이 데리다J. Derrida는 "절대적 의미란 실제로 인지할 수 있는 것이 아니라 그 절대적 의미를 찾고자 끊임없이 되풀이된 욕망들의 흔적으로만 존재할 뿐"이라고 말한 바 있다. 이는 인간의 노력으로는 객관적 실재를 찾아낼 수 없다는 비극적 상황을 보여주면서, 그럼에도 불구하고 끊임없이 그 안에 흔적으로 숨쉬는 의미를 사랑하지 않고는 견딜 수 없는 인간 실존에 대해 깊은 슬픔을 느끼게 해준다. 이귀영 시편은 이러한 인간의 불가피한 사랑의 존재론에서 발원하는 세계로서, 그녀는 객관적 실재보다는 후경後景처럼 두른 소멸의 흔적들을 통해 삶의 본원적인 한계랄까 모순이랄까 하는 것들을 상상적으로 견디고 치유하려 하는 묵시록적 비전의 시인인 것이다.

3.

얼핏 읽으면 이귀영 시편은 언어의 표층 차원에서 포착 가능한 전언傳言이 쉽게 발견되지 않는다. 그녀의 시는 의미론적으로 명료한 언어 대신에, 실재와 상상의 영역을 넘나드는 이미지를 통해 불명료한 기억들을 간접화하고 있기 때문이다. 그래서 그녀의 시편 속에 들어앉은 사물들은 대부분 그 사실적 외관이 충실하게 묘사되지 않는다. 비록 풍경 묘사의 형식을 빌리고 있다고 하더라도, 그것은 그 이면에 시인의 남다른 경험이나 감각을 환기하는 비유의 그림자를 거느리고 있을 때가 많다. 따라서 그녀는 시를 통해 직접

관념으로 달려가는 것에 대해 본능에 가까운 거부감을 가지고 있고, 그만큼 사물과 경험을 유추적으로 결합하면서 그 과정에서 발생하는 사물과 주체 간의 불화 내지는 균열 형상을 포착하는 데 익숙하다. 그러한 형상을 통해서만 그녀는 자신의 기억과 감각과 사유를 발화하고 표상한다. 그래서 독자들은 시인이 세계내적 존재로서 견지하는 세계 이해 방식과 간접적으로 만나면서, 경험적 직접성보다는 상상적 관념과 어떤 불가해한 형이상학을 견고하게 결합하는 작법作法과 맞닥뜨리게 된다. 이때 그녀의 시는 전통적 서정과 아득하게 결별하면서, 사물에 대한 기억을 선명하게 재생하기보다는 어떤 격정을 잉태하면서도 소멸의 전조前兆 앞에 놓인 아슬한 실존을 함축하는 것이다. 그 함축의 매개가 '우물'의 형상으로 먼저 나타난다.

너무 멀어서 빠지지 않는 밤하늘 하얀 달 곁에 하얀 별 하나, 무게는 비애에 빠져 있으면 되는 겁니다. 물속 숨쉬기 어려워 하얀 달이 가면 하얀 별도 가는 산수유 사잇길,

가끔 허우적 내게 빠진다. 너의 부스럭거리는 밤길 음성에 참새 눈망울 새벽에 빠지고 네가 빠진 그 우물, 바람이 그림이 있는

음악이 있는 우물이면 좋겠다. 에스프레소 우물에 빠지는 종일 웅덩이를 찾아 어머니에 풍덩풍덩 빠진다. 떠나신

지 삼 년인데 푹신한 설경 어쩌다 이곳까지 와서 빠졌나.

질척거려도 빛나는 빗방울에 빠지고
한 술 밥 시장에 빠지고
장자 붕에 빠진 당신 콧수염에 빠지고
솟아오른 새끼발톱 단단한 퇴석 기형에 빠지고

나는 자꾸 밤하늘에 들어갔다가 나왔다가 숨쉬는 흰 별,
흰 달을 바라봅니다. 흰 달도 빠집니다
서툰 필적에 절름거리는 말투에 한 쪽 몸이 내게 빠진다
당신 무게는 비애에 빠져 있으면 되는 겁니다.
오늘은 봄 봄밤입니다.

—「우물」 전문

'우물'은 전통적으로 나르키소스의 자기 몰입이나 자기 확인의 현장으로 호명되고 활용되어왔다. 윤동주가 들여다본 '우물'이 아마도 이런 사례의 전형일 것이다. 이귀영 시인은 마치 '우물'에 빠지듯이 어딘가에 빠지는 사물과 표상들을 역동적으로 하나하나 불러낸다. "너무 멀어서 빠지지 않는 밤하늘" 대신 '너'는 내게 빠지고, "네가 빠진 그 우물"처럼 연쇄적으로 기억이 빠지고 시간이 빠지고 어머니 떠나신 지 삼 년의 세월도 빠져들어 간다. 이렇게 '우물'의 수많은 파생적 변형체들이 생성되면서 "빗방울/시장/콧수염/퇴

석 기형"에 빠지는 순간들이 연쇄적으로 마련되어간다. 이 무수한 '빠짐'의 동작은 한편으로는 '몰입'일 터이지만 다른 한편으로는 '결여'의 뜻을 함유하고 있다. 시인은 "서툰 필적에 절름거리는 말투에 한 쪽 몸이 내게 빠진" 순간을 회상하면서 "당신 무게는 비애에 빠져 있으면" 된다고 고백하는데, 이러한 노래를 부르는 '봄밤'은 "오래전 네가 그리운 이유"(「내가 아주 아프다」)를 상상하게 하는 몰입과 결여의 시간이 된다. 그리고 시인으로 하여금 "나는 비구상이다 추상이다 하는 견해에 글을 쓰는 그 순간 나를 감금시킨 정물화靜物畫 속"(「X는 O」)을 순례하는 자의식을 가지게끔 해주는 시간이 되어준다.

> 흙으로 난 가장 연한, 가장 영롱한 물방울로 보였다. 가장 높은, 가장 웃는 식물로, 가장 깊은 인간으로, 가장 각진, 가장 물렁한, 단단한, 매캐한 잉크빛 저녁으로, 가장 바다, 가장 낙타인, 너로 보였다.

> 심장을 꺼내 주어도 내게 초록을 주지 않는다.
> 낮과 밤 회색인 너 햇살의 속살 이유를 식물에 쓴다.

> 가장; 먼, 안개, 잘 흩어지는, 잘 날아가는, 무성한, 무시무시한, 물먹는, 물을 먹지 않는, 대부분 식물은 식물들 속에 누가 더 작용하고 있는가 소우주와 소우주를 걷는 나는 너를 골똘히 생각한다.

온몸에 돌꽃을 두르고 천 년을 서 있는 가장 슬픈 토용 가장 부릅뜬 황제의 병사처럼 물기 없는 족속으로 동물질과 광물질로 삐걱이며 생각하는 너의 개화를 기다리며

—「난 人間만은 植物이라고 생각거든요」 전문

이 작품은 이상李箱 시편 「骨片에 關한 無題」의 마지막 행에서 제목을 뽑았는데, 따라서 이는 "어디서 시작해도 좋은 얇아서 좋은 휘감아서 좋은 내 이상과 얼추 맞는"(「한 손에 안기는—이상 이상 이상」) 이상 텍스트와의 교섭과 결속을 보여주는 실례일 것이다. 여기서도 앞에서 살펴본 '시작한다/조용히/처음부터/빠진다'의 되풀이처럼 '가장'의 천연스런 반복이 수행된다. 시인은 가장 연하고 가장 영롱하고 가장 높고 가장 깊고 가장 각지고 가장 물렁하고 단단한 감각으로 '너'를 상상한다. 이렇게 '너'를 골똘하게 생각하면서 소우주microcosmos를 걷는 '나'는, 온몸에 돌꽃을 두르고 천년을 서 있는 "가장 슬픈" 토용土俑으로 몸을 바꾼다. 이처럼 '너'의 개화를 기다리면서 시인은 식물로서의 정체성을 가진 인간을 욕망하고 또 한편으로 그것을 유예해간다. 마치 이상이 "살아있는골편骨片을보신일"에 대해 물을 때처럼, 이귀영 시인은 동물질과 광물질로 삐걱이는 인간이 마침내 식물로 회귀하여 가장 연하고 영롱하고 깊고 슬픈 실존을 누리기를 다시 한 번 욕망하는 것이다. "살아 있다는 건 반전의 시간이 있다는 것"(「이제는 침묵」)을 증언하듯이, 시인은 인간이 "완전소멸이 온 다음, 다시 태초에—새 흙이 되

어"(「비창 비창 비창」)가는 순간을 상상하는 것이다.

결국 삶과 죽음, 소멸과 생성이라는 분명한 대립적 사건을 통해 시인은 우리의 존재 양식을 구성하는 원리들 사이의 경계를 해체하고 재구성해간다. 이러한 그녀의 시선은 그 자체로 근대적 이원론에 대한 저항의 가능성을 보여주고 있고, 우리의 비극적 삶에 숨쉴 틈을 내는 신생의 작업을 지속적으로 수행한다. 그러한 작업을 통해 우리는 경계를 지워가는 감각의 전회轉回를 경험하면서, 그 과정에서 빈번하게 나타나고 있는 속성이 어떤 '유적遺跡'의 이미지를 환기한다는 사실과 마주치게 된다. '우물'이나 '식물'의 이미지 또한 그렇게 시인 자신이 지나온 시간의 마디들이 시의 행간마다 은폐되게끔 시간의 흔적들을 재구성한 기제로서 활용된 것일 터이다.

4.

원래 시간이란 누구에게나 공정하게 주어진 실체로 여겨지기 쉽지만, 그것은 주체의 내면 안에 지속되는 어떤 흐름으로만 경험되는 주관적 실체이다. 따라서 모든 사람은 자신만의 시간 단위를 내적으로 가지고 있으며, 그것은 주체가 처한 실존적 상황에 의해 끊임없이 현재화된다. 그래서 시인들은 자신이 몸에 새긴 수많은 흔적을 통해 시간의 불가역성不可逆性과 그것을 초월하려는 상상적 모험을 동시에 보여주게 된다. 그 가운데 가장 깊이 기억되는 것은, 아무

래도 자신의 존재론적 기원을 심미적으로 상상하는 순간일 것이다. 이는 인간의 행불행을 가능하게 하는 원천으로서 '기원'이 그 순간에 작용하기 때문인데, 이처럼 일종의 원체험으로서의 기원은 인간 경험 가운데 모든 관계를 생성하는 가장 선명한 지점으로 다가온다. 이귀영 시인은 활달한 상상력으로 이러한 지점을 예비하면서 새로운 시적 권역을 일구어내고 있다.

활짝 웃고 계신 어머니 망초꽃 한 아름 안고 계신다
터지는 무아, 無我의 순간 소리 없는 통곡 앞에
사물에서 물질이 되는 사이 가여운 나의 평화는

나를 떠낸 우묵한 구덩이는 만세 반석 여는 순간
지상의 문에서 호흡이 정지되는 순간 말이야
눈빛이 정지되는 순간 말이야 날 기다리던 그 밤에
오랜 잔혹史로 남은 어머니가 투명해진다 평평해진다

은금이 없어도 가난이 없던 손길

세상은 세상에 두고 흘러가는 방주에서
우리가 잠잠해질 때 깊은 잠 해빙 순간에
그 평안의 넓이와 높이와
그 길이에 가득한 어머니

사라지는 만물들 하염없이 움직이는 사랑들
봄까지 구르는 갈잎은 생각하고 있나
사물이 사물함에 들어간다

—「평화」 전문

이 시편에는 "평안의 넓이와 높이와/ 그 길이에 가득한 어머니"가 계시다. "활짝 웃고 계신 어머니"는 망초꽃을 한 아름 안으신 채 "無我의 순간"을 누리고 계시다. 그리고 "사물에서 물질이 되는 사이 가여운 나의 평화"를 새삼 허락하신다. 성경적 이미지인 "만세 반석"을 여는 순간은 호흡과 눈빛을 정지시키면서, 그렇게 '나'를 기다리던 무수한 시간을 지나 "오랜 잔혹史로 남은 어머니"를 투명하게 끌어온다. 다시 성경의 이미지로 돌아가 시인은 "은금이 없어도 가난이 없던 손길"을 어머니의 흔적으로부터 되살려간다. 그렇게 "세상은 세상에 두고 흘러가는 방주"에서 누리는 평화는 아마도 "사라지는 만물들 하염없이 움직이는 사랑"을 품고 있을 것이다. 이쯤 되면 시인은 "세상에서 무엇을 배워야 할지 스스로 터득한 사람"(「7miles」)일 것이다.

그러고 보니 이귀영 시편에는 성경의 인유引喩가 유독 눈에 많이 띈다. "강도 만난 피투성이의 이유를 제사장의 이유를"(「Bus stop」)이라든지 "에덴을 잃은 사랑을 잃은 백치 백야를 춤추는"(「The Top」), "바로 걸을 땅, 신을 벗을 神의 땅"(「중독의 도시」), "여리고城 한 바퀴"(「하루를 건너는 법」), "세월은 침노하는 것"(「U교수」) 같은 표현들은 그녀의 인식론에서 성경적 묵시나 초월성이 차지하는 비중과 위상을 말해준다. 그 아득한 기원에 '어머니'가 계시고, 다음 시편에서처럼 '아버지'도 흐릿하게 존재하신다.

인류 역사에 끼워 기록할 수 없는 왕이여

누구에게 누를 끼치지 못하는 활자를 밟지 못하는
벽을 향한 인고忍苦 긴 인고의 생애

평양-동경-만주-난징-상해 프랑스조계-부산-서울
변두리

육남매 이름에 세월 새기고 세월 삭이고
커다란 독 모래·자갈·숯 모래·자갈·숯을 켜켜이 깔고
정수를 마시게 하던 아버지
쌀 아니면 차조밥 냉수 아니면 더한 정신력으로
콩 한 알을 나누라 못질하시던

극빈한 정의正義는 극빈한 가난을 부르고
지극히 찬란한 이상理想은 높이 떠 있는 애드벌룬
늘 주는 바보 늘 지는 바보 아버지

해지려는 흰 교복에 반창고를 붙여주던 저린 미소는,
가난을 연습하라 길에서 먹지 말라 주머니에 손 넣지 말

라시던

디오게네스의 당당함으로
내일 아침 빈손이어도 빈자에게 주는 빈자의 손길—,

나는 아홉에 하나 더 채우려는 걸음인데,

구름아 비켜주라 이제 아버지의 길로 가리
그가 누리던 태양을 누리리

—「아버지」 전문

평화의 화신이었던 어머니와는 달리 아버지는 "인류 역사에 끼워 기록할 수 없는 왕"이시다. 아버지는 "벽을 향한 인고忍苦 긴 인고의 생애"를 "평양–동경–만주–난징–상해 프랑스조계–부산–서울 변두리"를 옮겨 다니며 살아가셨다. 더러는 육남매 이름에 세월을 새기고(혹은 삭이고), 그 행간에 모래와 자갈과 숯의 정수를 마시게 하셨다. "극빈한 정의正義/극빈한 가난"은 아버지를 "지극히 찬란한 이상理想"으로 몰아갔고, 아버지는 결국 "늘 주는 바보 늘 지는 바보"로 남으셨다. 마치 "디오게네스의 당당함"처럼 스스로는 빈손이어도 "빈자에게 주는 빈자의 손길"로 아버지는 계신 것이다. 이제 시인은 아버지가 누리던 '태양'을 흠모하면서 그 길을 걸어가고자 한다. 이처럼 '아버지'는 시인의 가치론적 기원이기도 하다. 그것은 마치 "심장이 박혀 있는 흰 벽에 녹슨 못을 칠 수 없어"(「하얀 타일들」)서 시인이 직접 "좌우가 같지 않은 세상 몸에 중심을 세운"(「좌파 · 우파」) 시간을 환기하는데, 그렇게 시인이 상상하고 회감回感하는 '아버지'라는 기원은 "어린아이가 늙은이가 되는 기적의 시간"(「햇살과 바람은 어디서 머무는가」)을 눈부시게 선사한다.

결국 자신의 기원인 '어머니/아버지'의 서사를 통해 이귀영 시인은 그분들이 자신의 생애와 얼마나 친화적 거리 안에 계신지를 노래해간다. 그 안에는 오랜 시인의 기억이 녹아 있으며, 새로운 기억을 마련하려는 시인의 의지가 남다르게 배어 있다. 여기서 말하는 '기억'이란, 일상을 규율하고 관장하는 합리적 운동이 아니라, 현재형 속에 있을 법한 지난 시간의 질서를 발견하고 재현하려는 힘을 말한다. 이귀영 시인이 구축해가는 이러한 동일성 원리는 실재와 꿈, 삶과 죽음, 시간과 공간을 통합해가는 스케일 속에서 구현되어간다. 이때 그녀의 시편은 아스라한 그리움의 힘으로 인화되어 나타나는 형식을 취하게 되고, 그녀는 근원 탐색의 형이상학적 가치를 추구하는 시인이 된다.

5.

마지막으로 우리는 이귀영 시인의 언어관觀이 비치는 장면을 목도한다. 여기서 우리는 이귀영 시학이 궁극적으로 추구하는 지표가 정신적 고처高處에 대한 지향을 매개로 하는 일종의 형이상학에 있다는 점에 상도想到하게 된다. 지금 우리는 인류가 공들여 축적해왔던 중심적 가치는 물론,

암묵적으로 합의해왔던 인접 가치까지도 폭력적으로 폐기되는 시대에 살고 있다. 이 모두가 교환가치가 본질을 대신하는 사회로 우리가 진입하고 있음을 알려주는 것인데, 시에서 그것은 문명 비판이나 자연 및 영성에 대한 강조로 흔히 나타난다. 이러한 것이 시의 본래적 기능 곧 지각의 갱신을 통한 새로운 가치의 지향이라는 몫일 것이다. 이귀영 시학은 지각의 갱신을 통해 사물의 의미와 본질을 재발견하면서, 본질적 가치에 대한 형이상학적 자각을 시세계의 깊숙한 중심으로 삼고 있다.

꽃이 핀다. 거름이 되기 위하여
흔들리다가 밟히다가
가을날 풍장을 위하여 향을 피운다
꽃샘바람 벌 나비 유혹에 도도히 피어오른 한 송이
청춘 게임이 끝나고 절반을 걸친 외출
거리를 거닐어도 아무 시선을 당기지 못하는 잡초
돌아보니 잠든 도시 바람이 다 자는데
휘감아 도는 나의 향 혼자 평화롭다
몸에 꽃이 진다.

—「꽃이 시들 때 가장 평화롭다」 전문

이 짤막한 시편은 거름이 되기 위하여 꽃이 피는 생태를 통해, 생성과 소멸이 동시적 현상임을 설파한다. 흔들리다가 밟히고 한순간의 풍장을 위해 향을 피우는 그 평화로운 움직임은 어느새 "꽃샘바람 벌 나비 유혹에 도도히 피어오른 한 송이"를 가져오는데, 그 꽃송이가 바로 '시'이고, 흔들리고 밟혀온 시간이 바로 발화의 육체를 얻기까지의 과정일 것이다. 그러니 자연스럽게 "거리를 거닐어도 아무 시선을 당기지 못하는 잡초"는 언어의 육체를 열망하는 '시적인 것'의 원천이 된다. "휘감아 도는 나의 향"은 혼자 평화롭게 농울치고 있고, 몸에 지는 꽃은 소멸을 통해 존재를 완성해간다. 개화開花로 시작하여 낙화落花로 귀결하는 '생성/소멸'의 동시 공존이 바로 가장 평화로운 순간을 가져다주는 역설에 이른 것이다. 이러한 성숙의 이미지는 "상승도 하강도 아닌/ 움직임이 아닌 정지함이 아닌/ 죽음은 수련 신성한 휴식"(「사바아사나」)이라는 자각을 통해 몸과 마음이 조화를 이루는 과정을 수반하게 된다. "아무나의 죽음이 아닌 소멸의 자연/ 소멸의 인간"(「만유인력법칙」)이 바로 우리의 생태학이었던 셈이다. 그 언어로 가닿은 궁극에 다음 작품이 놓인다.

> 나 여기에 있는데 내가 어디 있는지 나도 찾을 수가 없다.
> 어디라고 말해야 하나
> 사방이 문이다. 사방 벽을 열면 갇혀 있는 얼굴들
>
> 바람 사이 소리 사이 좌표가 이동한다. 사방 숫자가 움직인다.
> 어느 우주가 어떤 우주를 순화시키고 있는지

아침은 그곳에서 떠오르고 석양은 벤치에서 저물어
나무 걸음으로 퇴장한다.
나는 퇴장하고[우리가 퇴장하면] 강남이 강남일까,
서성이던 사슴 기린 고라니 사라졌다.
날아다니는 물고기 떼 은행나무가 사라졌다.

맑은 날 보이지 않던 거리가 폭우 쏟아지면 보이는 거리
너와 나[우리의] 흑백 배경이 바뀌어 여기까지 오느라
다 닳은 신발, 다만 던져버릴 것들,
매일 회전하던 무대 사라지고 11번 출구 사라지는 무한數,
내 위치 알 수 없는 數, 좌표 이동한다.

달팽이는 항상 도달하고 항상 사라지고

잘라버려야 아름다운 몸
아름다운 신전은 얼마나 품으면 따뜻할까,

무수히 줄어드는 70억, 인류 혼돈은 흐르다가 질서가 되었는데
'우는 여인'의 분출로 개벽으로 사방이 물이 나 이동한다.

—「[우리가 퇴장하면] 강남이 강남일까」 전문

'여기/어디'의 실존과 그 유예가 반복되면서 시인은 자신

이 "사방이 문"이고 "사방 벽을 열면 갇혀 있는 얼굴들"뿐인 곳에 놓여 있음을 고백해간다. 분주하게 좌표가 이동하고 숫자도 움직이는 곳, 떠오르고 저무는 순환의 삶에서 시인은 "나무 걸음으로 퇴장"한다. 그런데 이 퇴장을 두고 시인은 독자적 문장부호를 써서 "[우리가 퇴장하면] 강남이 강남일까"라고 묻는다. 그렇게 우리가 사라지면 사슴, 기린, 고라니, 물고기 떼, 은행나무도 모두 사라질 것이고 이 땅도 "다 닳은 신발, 다만 던져버릴 것들"처럼 사라져갈 것이 아닌가. 도저한 묵시록처럼 시인은 사라져가는 것들을 품어 안는다. 결국 "내 위치 알 수 없는 數"처럼 우리도 삶도 시간도 '시'도 움직이고 이동하고 사라져갈 것이므로. 나아가 시인은 "아름다운 신전은 얼마나 품으면 따뜻할까"라고 묻는데, 이는 "손에 든 흰 돌멩이가 따뜻한 저녁"(「스튜」)을 상상하게 한다. 그렇게 '혼돈/질서'가 이항대립을 허물고 이동해가는 순간, 시인은 "[재의] 沒落으로/[소멸] 직전 얇은 흔들림"(「옷을 벗으면」)으로 다가오는 생의 전율과도 같은 순간을 맞는다. 그야말로 "춤추는 세상 그대로 춤추게"(「바쁘다」)하면서 정작 자신은 "걸음을 잃어버린 불안 어긋나는 발"(「런웨이」)을 느끼며 걸어가는 "환한 날"(「피투성被投性」)을 맞고 있는 것이다. 그 날이 바로 이귀영 시학의 생성지이자 소실점이자 새로운 출발점일 것이고, 그 결실이 바로 이귀영 시인의 '시'일 것이다. 어쩌면 그 과정은 '언어'로 귀환하는 그녀만의 메타적 여정을 선명하게 보여주는지도 모른다. 그것은 달리 말해 '언어'의 물질성으로부터 적극 떠나는 과정이

기도 할 것이다.

이처럼 이귀영 시인의 이번 시집은 목소리와 제재와 그 해석의 편폭篇幅에서 일대 확장의 전기를 마련했다고 할 수 있다. 그녀의 시편은 비평적 언어로의 환원이 쉽지 않은, 그러면서도 개별적 완성도가 높은 발화 방식을 통해 자신만의 독자적 음색을 보여주었다. 물론 그녀의 시에 퍽 까다로운 유추를 필요로 하는 난해의 그림자가 드리워 있는 것은 아니다. 하지만 그 시편들은 우리에게 한 편 한 편 정독할 필요를 요구하는 만만찮은 힘을 지니고 있다.

최근 우리는 디지털 시대의 대두와 주류화 그리고 그 무반성적 확산을 강도 높게 경험하고 있다. 그동안 인류 역사를 생성시키고 축적해왔던 아날로그 식의 인식이나 행위, 감성 모두를 순식간에 낡은 것으로 만들며 질주하는 저 '파시스트적 속도'는 그야말로 시간이 육체를 가진 물질이 아닌가 하는 생각이 들 정도로 체감도가 크다. 이 같은 '기술의 합리성' 과잉 현상이, 세계를 자신의 상품시장에 전일적으로 편입시키려는 자본 권력의 전략이 반영된 것임은 어렵지 않게 알 수 있는 일이지만, 아이러니컬한 것은 그러한 사실에 대한 자각이 그 세계로부터 탈영토화할 수 있는 역량을 마련해주지는 않는다는 것이다. '기술의 합리성'으로 포착되지 않는 여러 현상에 대한 시적 해석이 필요한 것도 바로 이 때문이다. 이러한 조건에서 '시'는 가장 신비롭고 현재진행형인 사건이자 징후이자 흔적으로 우리에게 다가올 것이다. 이귀영 시학이 이러한 과제를 역설적으로 실천하는 실례로 읽혀지기를 소망해본다.

그렇게 이귀영 시인은 '시'를 통해 인간의 존재론을 노래하고, 나아가 언어의 본질과 구체, 대상에 대한 예술적 응전, 묵시록적 비전과 근원 탐색의 형이상학을 간단없이 보여준다. 그 과정에서 그녀는 우리 삶의 깊은 아이러니로서의 '시詩'에 대해 치열하게 사유하고 표현하고 그녀만의 '시론詩論'을 완성해간다. 나아가 우리는 그 지난하고도 열정적인 완성 과정을 기억하면서, 이후 펼쳐질 그녀의 융융하고도 거칠 것 없는 시적 진경進境을 기대하고자 한다.